dtv

Michel hat Erfolg, als Architekt und bei den Frauen, doch ein Schatten liegt über ihm. Eine Reise an die Côte d'Azur weckt Stimmen, die Stimmen zweier Frauen, die sein Leben berührt haben. Für Elisabeth, die Berliner Fotografin, ist Michel die große Liebe. Hélène ist allein mit ihren beiden Kindern in St. Raphael. Was war die Tragödie, die Michel gezwungen hat, zurückzukehren?

Tanja Langer, 1962 in Wiesbaden geboren, studierte in Paris, München und Berlin Literatur und Philosophie. Seit der Geburt ihrer drei Töchter arbeitet sie als Schriftstellerin und Journalistin in Berlin. Ende 2004 geriet sie durch ihre Briefe an Alfred Herrhausen in die Schlagzeilen. Der Roman »Cap Esterel« erschien erstmalig 1999, drei Jahre später folgte »Der Morphinist oder Die Barbarin bin ich«.

Tanja Langer

CAP ESTEREL

Roman

Deutscher Taschenbuch Verlag

Ungekürzte Ausgabe
März 2005

www.dtv.de
Erstveröffentlichung: Berlin 1999
Umschlagkonzept: Balk & Brumshagen
Umschlagfoto: © Claudia Okonek
Satz: deutsch-türkischer fotosatz, Berlin
Druck und Bindearbeiten: Druckerei C.H. Beck, Nördlingen
Gedruckt auf säurefreiem, chlorfrei gebleichtem Papier
Printed in Germany · ISBN 3-423-13379-1

*Ich wußte, daß alle Bilder, die mir entgingen,
für immer verloren waren.*

Richard Avedon

I

Es war angenehm, im Schatten zu stehen.
Der Schatten legte sich auf seine Haut, und er schien die Hitze aus seinem Körper zu ziehen, der sie im Laufe eines langen Tages auf Straßen und Autobahnen in sich aufgenommen hatte, eingezwängt zwischen Lenkrad und immer feuchter werdendem Sitz. Eine Sekunde lehnte Michel sich ans heiße Blech des Wagens, dann machte er einen Schritt auf das gelbe Haus zu. Er wankte ein wenig, ganz als ob er fahrend anderen Gesetzen des Gleichgewichts gehorcht hätte als jetzt auf festem Boden. Die überstrapazierte Netzhaut registrierte schwarze Punkte, die zu grellroten Pflanzenköpfen wurden, unruhig flimmernd, bis alles sich zu einem erkennbaren Bild ordnete. Das Haus war von dunkelgrünen Weinranken überwuchert, und im Garten davor leuchteten üppige Geranienbüsche, sehr weit entfernte Verwandte der gezähmten Miniaturen zu Hause, auf den nördlichen Balkonen.

Das Hemd klebte an seinem Körper, er roch seinen Schweiß. Der Puls hämmerte an den Schläfen, an den Wangenknochen, im Hals, in den Armen, selbst in den Fußsohlen, die mit dem Leder der Sandalen verwachsen zu sein schienen.

Noch kann ich umkehren. Zwei Tage Fahrt, nur so. Eine Abwechslung. Ich könnte weiter, nach Saint-Tropez, mich dort an den Strand legen, gegrillte Fische essen, Pernod auf Eis trinken, lesen und schlafen.
Er strich sich mit drei Fingern über die feuchte Stirn. Sein Körper schien noch immer in die Kurven zu gehen, die er mit dem Auto genommen hatte. Schlingernd. Die letzte halbe Stunde war zu viel gewesen, die Strecke von Cannes hierher. Die Abendsonne, in die er, trotz Sonnenbrille blinzelnd, fuhr, hatte seinen Kopf immer stärker dröhnen lassen. Ich hätte wenigstens an der Küste bleiben sollen, auf der Corniche, den Blick auf das türkis- und kobaltblaue Wasser gerichtet, die kleinen weißen Hotels und Restaurants, die hinter Pinien und Kiefern verborgenen Landhäuser, das rötliche Gestein des Esterel-Massivs, steil aufragend am Rand der Serpentinen, und immer wieder das dunkle Grün der Zypressen.
Ich hätte am Cap Roux anhalten oder in Napoule ein Zimmer nehmen können.

Was für ein unsinniger Umweg. Zwei Stunden zuvor war er seinem Ziel ganz nah gewesen.

Bis es nicht mehr geht, dachte er, wie immer.

Er hatte sich vom hellen Licht tragen lassen, das alles überlagerte. Die Pastellfarben der Häuser, Ocker, Lavendel, Zitrone, sie ließen sich nur ahnen, in diesem Licht, während das Azur des Himmels, das Postkartenblau des Meeres und die hellbraun gezackten Stämme der Palmen fast überdeutlich ins Auge stachen.
Diese Farben, dachte Michel, verändern mich, schnell, unvermutet, zwingend.

Und dann die Suche nach dem Haus, das alte Schwarzweißfoto vor sich, das immer wieder von der Armatur hinabrutschte. Das mit der Hand gepinselte Schild »Chambre – Studio«, das er schließlich entdeckte, als er schon aufgeben wollte. Vor etlichen ähnlichen Schildern hatte er abgebremst, doch sie hatten nur Wohnungen oder Häuser zum Verkauf angeboten. Es sah noch genauso aus wie damals, dieses weiße Viereck mit den schwarzen hohen Buchstaben darauf.
Er wäre am liebsten weitergefahren. Doch die Vorstellung, sich auszuziehen, kaltes Wasser auf sich niederprasseln zu lassen, sich der Länge nach auszustrecken und einzuschlafen, ließ ihn anhalten.
Nun stand er da, im Schatten.
Er sah sich nach einer Klingel um.
Nichts.
Er rief.
Keine Antwort. Niemand kam.

Es soll nicht sein, Feigling.
Er entdeckte die eiserne Schiffsglocke auf dem

linken Pfosten neben dem Gartentor. Er zog die Augenbrauen hoch und setzte die Glocke in Bewegung.
Der Puls vibrierte in ihm.

Ein überbelichteter Film läuft unter seinen Lidern ab, Schemen, leise Stimmen, eine dunkle, eine helle, Lachen.

Das Herz ist ein kräftiger Muskel.

Was kann ich für Sie tun?
Die Alte, die die Treppe herunterkam, hielt sich die Hand über ihre Augen. Im Haus war es offenbar dunkler als hier draußen. Michel wies auf das Schild.
Ist das Studio frei?
Wer hat Sie geschickt?
Michel setzte an, auch das noch, mit dieser komplizierten Frage hatte er nicht gerechnet.
Ich bin zufällig hier vorbeigefahren.
Zufällig?
Sie stand nun unmittelbar vor ihm, eine ältere Frau mit zerfurchtem Gesicht und dicken Brillengläsern. Sie schielte, und sie hatte etwas Belustigtes in ihren Augen. Neugier.
Warum nehmen Sie nicht das Zimmer? Sind Sie allein?
Michel nickte und schüttelte den Kopf im gleichen Moment wie die Alte. Sie trug einen gelben Rock über ihrem bunten Badeanzug und weiße Sandalen mit hohen Absätzen.

Das Studio kostet 2000 Franc in der Woche.
Ihr Haar war schwarz gefärbt. Sie musterte ihn.
Das Zimmer wäre sehr viel günstiger, 700 die Woche, mit Dusche. Kommen Sie, ich werde es Ihnen zeigen. Was meinen Sie?
Ich will das Studio.
Comme vous voulez.

Die Alte verschwand hinter einer Tür, der Geruch einer Waschküche wehte Michel in die Nase, und erneut hatte er den Impuls fortzulaufen. Sie muß mich für verrückt halten. Sie kam mit einem Schlüsselbund zurück und führte ihn um das Haus herum, an Wäscheleinen vorbei, auf denen Dessous und Handtücher hingen, in den Garten. Er konnte ihr Parfüm riechen. Tisch und Stühle hoben sich weiß vor einer Klematishecke und wilden gelben Rosen ab. Ringsum wuchsen Azaleen, Malven, Lavendel, unzählige Farne und Gräser. Zwei Palmen ragten in den Abendhimmel.
Die Holztür, neben der ein kleines blaues Schild behauptete: Jardin des Tuileries, war grün gestrichen, der Lack ein wenig aufgerauht. Madame schloß sie mit einem großen Eisenschlüssel auf. Ihre Fingernägel waren lang, gebogen und dunkelrot lackiert. Ihre Hände, von leichten Altersflecken übersät, hatten eine etwas steife Eleganz, wie Michel sie oft bei Frauen bemerkt hatte, die nicht selber putzen müssen, die höchstens gelegentlich ein paar Krümel mit dem Handfeger auf eine Emailleschaufel befördern. Sie trug ein goldenes Gliederarmband, das bei jeder Bewegung leise klirrte.

Es ist eine Art Atelier, sagte sie, meine Tochter hat es eingerichtet, als wir den Raum nicht mehr brauchten. Die Terrasse ist für Sie allein, den übrigen Teil des Gartens nutzen die anderen Mieter. Das Wasser ist sehr teuer hier, daher der Preis.

Das Wasser.

2

Ich weiß noch, wie er das zweitemal hier auftauchte. Ich hatte eine alte Badewanne auf der Straße um die Ecke entdeckt. Er mußte mitkommen, mir helfen, das Ding in meine Wohnung zu schleppen. Irgendwie hat es ihn geärgert, ich habe bis heute nicht begriffen, weshalb. Ich war nur glücklich: Endlich eine Wanne! Wir schoben sie mit dem Abflußende über die Duschschüssel und setzten sie auf drei Stapel mit Ziegelsteinen, die ich in der Nacht zuvor auf einer Baustelle gefunden und sorgsam in meinem schmalen Badezimmer aufgebaut hatte. Das hält nie, sagte er, was hast du gegen Duschen. Ich hielt ihm eine Flasche mit Badeöl unter die Nase, lachte und raunte mit dunkler Stimme: Damit meine Haut ganz weich wird. Damit ich mich besser an dich schmiegen kann. Damit ich – ich berührte mit der Hand sein Geschlecht, er entzog sich.
Oh, sagte ich, entschuldigen Sie bitte diesen Übergriff.

Ein Übergriff, ja. So kommt mir dieser Brief vor. Seine Schrift. Nachgesandt an meine neue Adresse. Nach vier Jahren, oder sind es schon fünf. Damals jedenfalls, ich weiß es, als wäre es gestern oder vorgestern geschehen, damals, nachdem er eine ganze Weile still wie ein Stockfisch geblieben und ich beleidigt laut mit den Töpfen geknallt hatte (auch das noch, wie ein altes Ehepaar), an jenem Abend also, nach drei Gläsern Rotwein, erzählte er mir von seinen Eltern.

Hilfe, dachte ich, jetzt wird es gefährlich.

3

Madame durchquerte den langgestreckten Raum, der mit alten dunklen Möbeln sparsam eingerichtet war. Ein Diwan, ein Tisch mit Stühlen, eine Theke mit unzähligen kleinen Schubfächern, hinter der ein zusammengeklappter kleiner Gaskocher aufgestellt war und ein altes Waschbecken aus Emaille hing. Kommen Sie, ich zeige Ihnen, wie man das heiße Wasser anmacht. Madame drückte den Knopf der Therme und zählte bis zehn, bevor sie ein Streichholz in die kleine Öffnung hielt. Sie werden vermutlich nicht selbst kochen, jeune homme?
Sie kicherte.
Sah es schon immer so aus hier? Michel hatte laut gedacht.

Wie ich Ihnen sagte, vor dreißig Jahren hat meine Tochter es gestaltet, so wie es jetzt ist. Die Lampe dort ist neu, und dieser Boiler, aber sonst – sehen Sie, selbst das Schlafzimmer ist wie damals. Sie öffnete die Tür. Michel sah einen Raum, der wie ein versachlichtes orientalisches Zimmer wirkte, mit einer warmen roten Tapete, einem leicht zerschlissenen Fransenüberwurf auf dem breiteren der beiden Betten und einem kleinen Nachttisch, der mit glänzenden Mosaiksteinchen und Spiegelscherben beklebt war. Michel mußte unwillkürlich lachen.
Und hier ist das Bad.
Bleiches Rosa, gebrochen weiße Maserung, auf den Fliesen rosa Fußmatten, flauschig.
Wischen Sie bitte immer gleich den Boden nach der Dusche, sonst gibt es eine Katastrophe. Ich lasse Sie jetzt allein. Sie nehmen doch das Studio?

Ja, Madame, ich nehme es. Ich bleibe eine Woche, mindestens.
Kommt jemand nach?
Sie sah ihm in die Augen.
Listige Person, ich werde mich hüten müssen.
Nein, sagte Michel müde, ich bin ganz allein.

Madame löste den großen Eisenschlüssel aus ihrem Bund und übergab ihn Michel. Michel ging mit ihr den Weg zur Straße zurück, um seine Tasche zu holen. Als er zurückkam, winkte sie ihn die Treppe hinauf.
Hier, eine Flasche Wein für Sie, etwas Käse und Brot. Sie sehen aus wie eine Leiche.

Später, nach einer ausgiebigen Dusche, saß Michel auf der Schwelle seines Studios. Er zog an seiner Zigarette. Er betrachtete den Tisch, die weiß gestrichenen Metallstühle mit den geschwungenen Lehnen. Damals hörte man vermutlich nur Zikaden. Ganz selten ein Auto. Der Zug entlang der Côte d'Azur fuhr nur dreimal am Tag, morgens, mittags, abends. Jetzt hätte man alle zwanzig Minuten das Gespräch unterbrechen müssen. Michel versuchte, sich seine Eltern vorzustellen, an diesem Tisch. Vielleicht hatten er und Patrick auf den Stufen gehockt, wie er gerade, am Abend, in ihren hellgestreiften Schlafanzügen. Vielleicht hatten ihre Füße, wie die seinen jetzt, mit den winzigen Ästen und den getrockneten Nadeln der Pinie gespielt.

Michel sah Elisabeth. Ella mit dem blauen Tuch im roten, vom Wind leicht zerzausten Haar, mit den hellen, kindlich weichen Wangen. Wie sie den Kopf über ein Buch gebeugt hielt. Wie sie aufblickte, eine vorübergehende Zaghaftigkeit in ihren grauen Augen.

4

Entweder es macht dich reich oder nicht. Du kannst das drehen, wie du willst, letzten Endes bleibt es dabei. Im nachhinein? Papperlapapp! Und dann diese Stimme: Eigentlich könnte man alles schon vorher wissen. Verrückt, das zu denken. Wieso denke ich so etwas? Weil es vorbei ist? Weil ich es festhalten will? Weil ich die Liebe, die kommt und geht, erklären will? Erst diese gewisse Laune, und zack, bist du drin in so einer Geschichte. Schwarze Strümpfe hatte ich an, die über dem Knie enden, und eine knallbunte kurze Sommerhose darüber. Auf dem Fahrrad flog ich durch die milde Frühlingsluft. Das war so ein Tag, an dem du alte Häute abwirfst, deine dreiundzwanzigste, deine fünfundsiebzigste, ab, ab, kein Problem. Die ganze Zeit das enge Gewand auf den Knochen, du windest dich, und hopp, du denkst gar nicht daran, fällt das Ding einfach ab. Als ob es nichts wäre. Als ob du dich nicht wochenlang damit herumgeschlagen hättest, wer du bist, wohin du gehst und wie du ein Drittel, mindestens, deiner selbst loswerden kannst. Alles Quatsch. Ich hätte es mir denken können, daß an einem Tag, an dem ich über mein bloßes Dasein glücklich bin, etwas geschieht. Ich sitze aufgekratzt bei Irina im Laden, wir trinken Kaffee, scherzen, sie zeigt mir eine neue Biographie über Lee Miller, wir kichern ohne ersichtlichen Grund, dabei ist sie zwanzig Jahre älter als ich, die Türglocke geht, er kommt rein. Oh, denke ich, oh. Verdammte Scheiße, ist der hübsch. Nicht schön, nicht attraktiv, oder gutaussehend, nein: ich denke, ist der Bengel hübsch. Braune Augen, leichter Silberblick, kurze braune Haare, gewellt, beweglich und fest, zum Sprung ansetzen, den Bogen spannen –

Das ist mein Neffe, sagt Irina, die den Wechsel meiner Hautfarbe zum Glück übersieht. Also: mein Nenn-Neffe sozusagen, der Sohn einer sehr guten Freundin. Michel, sagt er galant, und reicht mir die Hand. Ich fange an zu reimen, bitte nicht! Ich bin so entzückt! Irina lacht. Ich wette, sie hat doch alles gemerkt. Am liebsten wäre ich in seine Arme. Auf den Boden fallen, übereinander herfallen, miteinander umeinander fallen, fallen, fallen, den Laden absperren, Irina ins Kino schicken, am hellerlichten Nachmittag, herumrollen, herumtollen und –

Doch, genau so war es. Nix, gepflegtes Kennenlerngespräch. Es war im ersten Moment alles gesagt: von meiner Haut und seiner, von meinen Gesten und seinen. Im Grunde ist der Anfang doch immer das beste. Mitten in der Stadt ziehst du die Schuhe aus und glaubst, du bist am Meer.

Plötzlich kniet er vor mir.
Ich halte ihm meine Hand hin.
Er küßt sie.

Irina schweigt.
Es ist mir erst später aufgefallen.
Später, als ich vergnügt nach Hause radelte und noch nicht daran dachte, ob er anrufen würde oder nicht.

5

Michel sah der Dämmerung zu. Auf dem Nachbargrundstück die alte Villa, wuchtig und undurchdringlich in der Dunkelheit, schien unbewohnt. Eine riesige Amphore, wie aus römischen Zeiten, hatte sich auf unerklärliche Weise auf einen Dachvorsprung verirrt. Vermutlich ein Spleen des Besitzers, dachte Michel, aber ich lenke ab, ich will nicht an sie denken.

Diese Aufregung, als ich das erstemal zum Postamt ging. Ich schlich durch Schwabing wie ein Dieb. Als könnte man mir ansehen, daß ich neuerdings Herzklopfen bekam, wenn ich die Elisabethstraße überquerte. Elisabeth. So habe ich sie nie genannt. Zu seriös für diese hellhäutige Person, die scheppernd lacht und den Kopf wie ein kleines Mädchen schräg legt, bittend, fordernd, mit diesen aufgebissenen Lippen, weich und rot in ihrem blassen Gesicht.

Elisabethstraße.

Mein Schwanz liest das Straßenschild.

Elisabethplatz.

Um besser lesen zu können, richtet er sich auf.

Theater der Jugend am Elisabethplatz.

O ja, der Elisabethplatz. Meine Knie wurden weich, als wollte der Platz selbst mich in seine Arme schließen. Als würde der Boden, von der intensiven Frühlingssonne schon heiß geworden, mich im nächsten Augenblick an sich ziehen, lachen, mich

verschlingen. Da ging er hin und ward nie mehr gesehen, schade eigentlich, ein gutaussehender junger Mann, immer höflich, charmant geradezu. Als hätte er, einer frühsommerlichen Verirrung zufolge, die erotische Beziehung des angehenden Architekten zum materiellen Wesen der Stadt beim Worte genommen.
Lovers and madmen have such seething brains,/ Such shaping fantasies ...

Er mußte also nur ihren Namen geschrieben sehen, oder denken, und schon sah er in ihre Augen, fiel hinein wie in den Himmel an Föhntagen, endlos und aufgeräumt.
Ella bella.
Die scherzhafte Liebkosung half nun auch nicht mehr.
Dabei war es so leicht gewesen, am Anfang.
Prickelnd wie Brause, schnell aufgelöst und ausgetrunken.

Michel kämpfte gegen die Erinnerung, aber er sah sich selbst, wie er im Postamt an den Schalter trat. Wie er die Sonnenbrille abnahm, dreimal schluckte, einen Frosch im Hals, der nicht herauswollte.
Ist etwas da, postlagernd, für mich?
Wie er rasch um sich schaute. Wie sich die Frau in bayerischer Behäbigkeit aufbaute und hinter ihrem Schalter grinste: Wenn der junge Herr sich vielleicht vorstellen würde? Der junge Herr stotterte, natürlich, und sagte seinen Namen. Rot bis unter die Haarspitzen, untersuchte er die ausgelegten Formu-

lare zum Ausfüllen. Nachsendeanträge, Paket- und Überweisungsscheine, gelbe, weiße, hochinteressant. Die Beamtin machte sich betont langsam an einem Regal zu schaffen, warf müde Bemerkungen über die Hitze halb zu einem Kollegen hin, halb zu den Briefen, Telegrammen und Päckchen, die sie bei der Suche berührte, immer wieder. Was griffelt sie die Sachen an? Auch meinen Umschlag wird sie auf diese Weise schon hundertmal angetatscht haben, dachte Michel. Der Geruch ihrer schmuddeligen dicken Finger wird das zarte Parfüm Ellas überlagern, wahrscheinlich riechen sie nach Knoblauchsoße, noch vom Döner in der Mittagspause, dieser Gestank wird es verwischen, Ellas Parfüm, den Duft ihrer Handgelenke, ihrer Tasche, ihrer Lippen. Immer wütender wurde er. Gleichzeitig lauerte er über die Schulter, ganz lässig, ganz unauffällig, ob ein bekanntes Gesicht auftauchen würde, ob er in flagranti erwischt werden würde, am Schalter poste restante, die Billetts der Angebeteten erwartend. Und er fühlte sein Herz, als wollte es Reißaus nehmen, aus seiner Haut, aus seinem Körper, der seit Wochen nur das eine dachte: Ella. E.L.L.A. Die Angst saß seiner Lust im Nacken, er fürchtete sich, im Schlaf, im Traum oder womöglich beim Sex mit Judith diesen Namen zu rufen, zu stöhnen, zu stammeln, zu winseln.

Ach, hier ist etwas. Die Postfrau drehte sich in ihrem giftgrünen Sommerkleid überraschend schwungvoll um und latschte mit dem schlürfenden Geräusch ihrer türkisfarbenen Badeschlappen auf

ihn zu. Daß es erlaubt ist, grollte Michel kurz vor dem Kollaps, Angestellte des öffentlichen Dienstes so herumlaufen zu lassen. Er riß der Frau den Brief aus der Hand und rannte ins Freie.
Später, als Michel häufiger an den Schalter kam und sich daran gewöhnt hatte, stellte er fest, daß die Beamtin eine zwar ruppige, doch durchaus mitfühlende Seele war, die ihm über die schwierigen Tage hinweghalf, an denen Ella keinen Brief geschickt hatte.

Aber damals, bei diesem verbotenen erstenmal, fand er sich in der grellen Sonne wieder, mit Elisabeths Brief in der Hand, die zitterte.

Der Frühling war ein Sommer. Die Leute tranken ihr Bier zwischen den Ständen auf dem Elisabethplatz, o Elisabeth, ich überquere dich, ein Ersaufender im Ozean. Er umrundete den Markt mehrere Male, als suche er etwas; in Wirklichkeit wollte er nur seiner Erregung Herr werden und eine geschützte Stelle finden. Schließlich riß er den Brief auf. Fotos fielen heraus, und Ellas Gesicht lächelte ihn vom grauen Beton des Bürgersteigs an. Er ging in die Knie, immer wieder ging er in die Knie, eine Ewigkeit lang fühlte er diese Bewegung –

Monsieur, Monsieur!

Michel schreckte auf. Als hätte ihm jemand auf die Schulter getippt, na, wer ist denn das nette Mädchen, das dir neuerdings Liebesbriefe schreibt.

Madame lehnte über ihm aus dem Fenster. Ihr dunkler Kopf schien unmittelbar aus dem Haus heraus und in den Sternenhimmel hinein zu wachsen.

Ça va, Monsieur?

Michel bejahte. Bitte keine Konversation, bat er stumm.
Ich schließe nur meine Fensterläden, rief Madame munter, ich muß morgen früh nach Cannes! Es soll sehr schön werden, nutzen Sie die Zeit zum Baden. Das Wasser kann kalt sein im Juni, wenn der Mistral wiederkommt! Gute Nacht!
Sie klappte die Holzläden zu, und kurze Zeit später war es dunkel dahinter.

Michel fröstelte; er hatte kein Gespür dafür, wie lange er schon so gesessen hatte. Er hörte ein schwitzendes, tropfendes Geräusch in seiner Nähe. Er stand auf, sah in den wolkenlosen Himmel. Die Sterne funkelten. Er hatte den Moment hinausgezögert, in dem er allein in diesen Räumen sein würde. Er fürchtete das, wonach er sich sehnte, denn es war ihm vertraut und unbekannt zugleich.

6

Inzwischen bin ich ein altes Mädchen, mein Busen ist nicht mehr, was er damals war, und ich merke viel schneller, wenn diese Sache mir widerfährt: daß einer mir gefällt. Ich registriere es an der Art, wie ich gedankenverloren seine Unterarme betrachte, wie ich ganz nebenbei auf seine Hüften achte, ob sie in Frage kommen, und ich erinnere mich durch diesen eher zufällig anmutenden und doch so geübten Blick hindurch an andere solcher Blicke, die ich früher, um einiges naiver, warf. Es ist ein Abtasten mit den Augen, aber heute frage ich mich, ob der Mann, der mir gefällt, auch ein guter Liebhaber sein kann. Bewegt er sich langsam oder schnell, macht er, was auch immer er tut, aufmerksam oder verhuscht, läßt er sich leicht ablenken, wie sieht er andere Menschen an. Ich bin strenger geworden, was meine Reaktion auf das Klick angeht, das früher nichts anderes als ein Marschbefehl war, ein automatisches Starten, wenn die Trillerpfeife ihr Signal gibt. Ihr zu gehorchen war mir eine Freude, doch wenn ich heute einen Hintern ins Visier nehme, ist Alarmstufe eins angesagt. Ach, ich möchte wieder so besinnungslos sein wie damals! Wie ernüchternd: zu wissen, wohin der Hase läuft, bloß weil ich anfange, den Schimmer der Härchen auf dem Unterarm aufzufangen oder die Beweglichkeit eines Handgelenks. Wenn die erste Hürde der inneren Zensoren genommen ist, fange ich nach einem gewissen Zaudern, das den Reiz des Spiels erhöht, meistens an, leise arabische Lieder mit Phantasietext zu singen und alles schön zu finden. Die Sterne mache ich zu Mitwissern, denen ich mich mit großem Ernst anvertraue.

7

Michel blieb nicht viel Zeit zum Nachdenken. An seinem ersten Abend in Boulouris, Saint-Raphael, fiel er vollkommen erschöpft in das nach Mottenpulver riechende, weiche Bett, das unter seinem Gewicht nachgab. Er hatte die ganze Flasche Rotwein getrunken, ein guter erdiger Landwein, und er hatte den schon etwas scharf schmeckenden Brie und das Baguette aufgegessen, als hätte er seit Tagen nichts zu sich genommen. Schließlich fühlte er sich mutig und stolz.

8

Ich hätte jetzt gern jemanden, dem ich schreiben könnte.

Liebe Freundin, würde ich schreiben, ich habe alles abgewaschen. Ich habe das Spülbecken aus Emaille geschrubbt, damit es schön weiß bleibt, ich habe den Boden gefegt, die Brotkrümel, ein Tomatenfitzelchen, eine Makkaroni aufgelesen mit dem Handfeger und der Schaufel. Ich habe alle Spielsachen auf der kleinen Kommode neben der Tür angeordnet, die Lok, die Figuren aus Holz, den abgewetzten Teddy und die Malkreiden. Ich habe ein paar kleine Hemden ausgewaschen, ausgewrungen und draußen auf die Leine gehängt, und ich habe die Pfirsiche, die in dieser Hitze viel zu schnell zu schimmeln beginnen, zu Kompott verkocht. Die Jungen mögen das, mit etwas Zucker, zum Joghurt. Sie schlafen. Ich trinke allein ein Glas Rotwein, einen Chianti, kein Frevel, die Grenze ist einen Katzensprung entfernt von hier. Ich muß nicht einmal hinüberfahren, ich habe ihn in Saint-Raphael in dem kleinen italienischen Feinkostgeschäft gekauft, wo wir immer frische Pasta holen. Sie kennen uns schon. Überhaupt sind alle sehr freundlich hier, sie genießen den kleinen Plausch mit der Kundschaft, das fachkundige Beraten, die Scherze. Sie richten auch immer ein Wort an die Kinder. Sie sehen Ihnen unglaublich ähnlich, Madame, der gleiche Blick, der gleiche Gang. Ich muß lachen, liebe Freundin, so würde ich schreiben, denn du weißt, daß nur Patrick meine Augen hat und daß Michel seinem Vater wie aus dem Gesicht geschnitten ist.

Sein Vater. In wenigen Tagen wird Lukas hier sein. Wir werden ihn vom Bahnhof abholen und gleich zum Strand fahren. Natürlich müssen wir zu unserem Strand fahren, die Kinder würden Fragen stellen, wenn ich aus heiterem Himmel und nur weil ihr

Vater da ist, anfinge, unsere Gewohnheiten zu verändern. Und Lukas würde es merken.

Er wird es merken, so oder so.
Auch wenn ich –

Das würde ich dir nicht schreiben, liebe Freundin. Ich werde doch lieber gleich schlafen gehen. Das Bett unter dem Fenster ist vom Regen ganz klamm. Ich werde mich zu den Jungen legen. Hoffentlich wecke ich sie nicht mit meiner Unruhe.

9

Am nächsten Tag, er war klar und versprach, sehr heiß zu werden, fuhr Michel früh los, und gleich beim ersten Café, das er sah, hielt er an. Er bestellte Milchkaffee und Croissants und studierte seine Karte. Ich will die Sache langsam angehen, dachte er, sie hat ja recht gut begonnen. Die junge Frau im altmodischen Kleid mit Spitzenkragen stellte ein kleines Tablett vor ihm auf den Tisch. Sie lächelte ihn scheu an. Er lächelte zurück. Während er das knusprige Gebäck in den Kaffee eintunkte, beobachtete er eine alte Dame, die mit ihrem Pekinesen die Fahrbahn überquerte. Ein älteres Paar kam ihr entgegen, sie alle blieben mitten auf der Straße stehen, um sich zu begrüßen. Michel grinste. Das war also die berühmte Côte d'Azur.

Auf dem Weg nach Antibes, das er als erstes Ziel gewählt hatte, fiel ihm plötzlich sein Traum ein, der Traum der ersten Nacht. Vor seinen Augen war ein Briefbogen aufgetaucht, er hatte eine Schrift darauf gesehen, dann wieder nichts. Die Schrift erschien und verschwand, zeigte und entzog sich. In seinen Augen war etwas, das er vergebens herauszureiben versuchte. Nur manchmal konnte er sehen, aber dann war es ihm unmöglich, den Sinn der Worte zu begreifen, die er las.

Michel schüttelte sich. Er schaltete das Radio ein, hörte Stimmen, suchte nach einer Musik, blieb bei einem alten Chanson hängen, Becaud oder Aznavour, der jedoch von Werbung unterbrochen wurde. Einkaufen würde er am Abend, bei seiner Rückkehr, er hatte bereits das Hinweisschild für den Supermarkt bemerkt. An den kleinen Badebuchten, die man von der Straße aus sehen konnte, waren all jene Urlauber eingetroffen, die schon im Juni verreisen konnten. Michel sah kleine Kinder, Sonnenschirme und Bälle. Das Wasser glitzerte, wenn man sich näherte. Hinter Agay stieg die Küstenstraße an, sie schlängelte sich an den Ausläufern des Esterel-Massivs entlang, die steil und üppig bewachsen waren. Aloen, Disteln, Steineichen, Pinien. Michel fuhr dieselben Kurven wie am Tag zuvor, nur dieses Mal war er ausgeruht und genoß den Ausblick. Das Mittelmeer breitete sich tiefblau vor ihm aus. Er sah Steinmäuerchen und helle Dächer hinter Olivenbäumen und dunklen Zypressen.

Wieder läuft der Film ab, überhell, überstrahlt. Zwei Figuren zeichnen sich ab, Vater und Mutter, dunkel und hell, schmal, diffus, im Freien, er sieht sie von drinnen. Er kann nicht schlafen, hört ihr Lachen, Sprechen. Steht auf, wieder und wieder, die Mutter, nach Sonne duftend, schilt, lacht, nimmt ihn in die Arme. Der Vater, der die Mutter liebt, wartet, ruft ungeduldig nach ihr.

10

Als er an jenem Abend anrief, wartete ich bereits in Hut und Mantel. Am Nachmittag hatte ich eine rasante Verjüngung erlebt, was bei meinem zarten Alter eine kuriose Sache ist. Ich landete in der frühen Pubertät, wenn dir das zum erstenmal passiert. Erfahrungen fielen auf dem Aktienmarkt unter Null, die angemessene Zurückhaltung einer knapp Dreißigjährigen wich der Naivität eines jungen Mädchens ohne Angst und ohne Mißtrauen. Na, toll, alle Jahre umsonst. Jedenfalls hüpfte ich in meiner Wohnung herum, bis ich außer Atem war. Ich schob das Bett von einer Ecke in die andere, baute ein Regal ab und im Nebenzimmer wieder auf, ich rannte zum Blumenladen um die Ecke und kaufte Rosen in allen Farben und Größen. Im Rahmen meiner Möglichkeiten freilich. Ich holte bei Bolle Prosecco und Lachs. Ich zog mich ungefähr siebenmal um, bis ich mich für das entschied, was ich am Nachmittag getragen hatte. Nach seinem Anruf fiel ich die Treppen hinunter in den Hof, zerrte an meinem Fahrrad und raste darauf zum Quasimodo. Ich fuhr drei Runden um den Bahnhof Zoo, weil ich viel zu früh da war, und kam dann, scheinbar seelenruhig und leicht verspätet, angeradelt. Ein guter Ort zum Reden ist so eine Jazzkneipe, da lernt man sich richtig kennen: erst die Küsse, dann die Fragen. Das Lächeln des fremden Mundes, das sich auf den meinen legte. Und in der Morgendämmerung schlenderten wir verliebt über die Kantstraße, der Himmel hellblau über uns. Ein artiger Abschied vor meinem Haus, falls die Feuchtigkeit zwischen meinen Beinen und die seltsamen Verrenkungen, die wir miteinander machten, unter dieses Register fallen sollten.

Er rief nicht an.

Den ganzen folgenden Tag nicht. Die Sonne schien, ich wußte, daß er in der Stadt bleiben wollte, für zwei, drei Tage. Aber er meldete sich einfach nicht. Ich sortierte Negative, versah fertige Abzüge mit Stempeln, heftete Zahlungsbelege ab und wartete. Ich hasse es zu warten. Je weiter der Tag voranschritt, desto ungeduldiger und wütender wurde ich. Wie auf Verabredung rief überhaupt niemand an. Es war ganz still an diesem Tag, bei mir. Natürlich hatte er mir zwischen zwei Küssen gesagt, daß er eine Freundin hätte, mit der er schon lange zusammen war. Älter als er sei sie, und – ich wollte das alles gar nicht wissen. Ich wollte ihn küssen, und basta. Und daß er mich küßte, und warum und wieso, das war ja wohl seine Sache. Dachte ich jedenfalls.

Es wurde Abend. Ich fing an, die Sache abzuhaken. Kippte Cynar auf Eis und überlegte, mit wem ich ins Kino gehen könnte. Zog hochhackige Schuhe an und stakste durch die Wohnung. Schminkte mich. Legte CDs auf, fand nicht die richtige. Schlug auf meine Kissen. Hatte Hunger, aß nichts. Nahm Kleider aus dem Schrank, hängte sie wieder hinein. Zog ein Buch aus dem Regal, blätterte darin, stellte es zurück. Nur nicht passiv werden in solchen Situationen, sagte ich mir alle zwei Minuten, laut und deutlich. Ganz cool. Ich rauchte eine Zigarette. Ich beschloß, Paul anzurufen, und verwarf die Idee im selben Atemzug. Es wäre zu gemein gewesen, schließlich hatte ich Paul erst vor kurzem verlassen. Schade, dachte ich, er wartet auf mich. Daß alles immer so verdreht sein muß. Vielleicht Betty, aber nein, mir war nach männlicher Gesellschaft, natürlich, wenn man bei einem abblitzt, dann –

Fast wäre der Anrufbeantworter angesprungen.

Ich konnte nicht mehr, hörte ich ihn flöten.
Bitte, wer spricht?
Komm, tu doch nicht so.
Ich stand vorm Spiegel und spielte mich selbst oder eine andere.
Ach, du bist es. Wie geht's?
Komm schon, du Süße, wo hätte es denn hinführen sollen? Stille.

Ich blies meinen Rauch in den Hörer.
Okay, es tut mir leid. Ich wollte dich nicht anrufen, ich hatte Schiß.
Mußtest wohl Mutti erst um Erlaubnis bitten, oder was?
Scheiße, jetzt hatte ich mich verraten. Ich war verknallt, und ich war wütend.
Ich habe es nicht mehr ausgehalten, ich muß dich sehen.
Meine Hand quetschte den Hörer, ich rollte meine Zehen ein, so daß sie die Schuhe zu sprengen schienen. Diese Sache würde nirgends hinführen, bestenfalls in einen hübschen Liebeskummer. Das fing ja gut an.
Ich bin verabredet.
Der Spiegel kam mir zu Hilfe.
Aber wie wär's denn mit morgen?
Zimtzicke, sagte er.
Störrische, beleidigte Zimtzicke.
Denkst du, ich führe das Leben einer Klosterschülerin?
Ich möchte deinen Nacken küssen.
Stille. Meine Zehen, weiß.
Ich möchte deinen Mund küssen.

Komm.

Idiot.

Ich bin in der Telefonzelle in deiner Straße.

11

Er parkte das Auto in einer ruhigen Seitenstraße und wanderte durch die kleinen Gassen Richtung Wasser. Es war nicht viel los, nur wenige Besucher warfen einen Blick in die kleinen Geschäfte mit Seifen, Postkarten, maritimen Souvenirs. Er trank eine Büchse Cola im Stehen und widmete sich kurz einem winzigen Flohmarkt, betrachtete altes Silberbesteck, goldene Herrenuhren, geschliffene Gläser und Hüte. Dann stieg er den Weg hinauf zur Grimaldi-Burg, das Gesicht im Wind. Unten, am kleinen Strand vor der alten Stadtmauer, war eine ganze Schulklasse dabei, sich die dunkelblauen Uniformen auszuziehen und ins Wasser zu stürzen.
Das Wasser war dunkelblau.
Der Himmel leuchtete hellblau.

Picasso trägt einen Sonnenschirm hinter Jacqueline her, die lachend vorausgeht.
War das die Liebe?
Guernica. Wandfriese. In den blauen Himmel sehen und zerstörte Boote malen, Fratzen, menschliche, gemartert.
In Elisabeths Küche hatte ein Plakat aus dem Picassomuseum gehangen, ein Flöte spielender Faun. Es fiel ihm ein, als er das Bild sah, kleiner und blasser kam es ihm vor. Sirenen und Kentauren, Satyrn und andere erotische Halbwesen. Die Frauen so rätselhaft, wie die Männer gierig. Die Liebe, eine

lächelnde Peitsche? Jacqueline, schwarzweiß, lange Wimpern, großer Mund. Aufrecht und stolz sitzt sie auf einem großen Sessel, und Picasso sieht sie an, aus dunklen lachenden Augen, mit diesem Blick.

Das ist der Blick, der Frauen schwach macht, dachte Michel, neidisch, in Aufruhr. Er sah einer japanischen Touristin nach, die munter die ausgetretenen Steinstufen hinabhüpfte, die einmal von privaten Menschen privat genutzt worden waren. Angeblich saß Picasso morgens schlecht gelaunt im Bett und kommandierte alle herum. Und als Jacqueline ihre Wehen bekam, bei ihrem ersten gemeinsamen Kind, da rief Picasso den Psychoanalytiker Lacan an. Ich hätte auch keine Ahnung, dachte Michel, was man da tun muß.
Er spürte noch die schnelle Bewegung der Anreise in den Knochen, sein Kopf war seltsam leer, und er nahm alles nur halb wahr, schnell, hungrig und doch wie in einem Traum, unwirklich. Ideale Paare, grauenhaft.
Mein erster Ferientag.

Erst am Abend, als er vor dem Studio fegte, dehnte er sich in die leichte, angenehm duftende Luft hinein. Er hatte seinen Plan einzukaufen aufgegeben und am Strand, kurz vor Boulouris, gegrillte Rotbarbe mit Pommes frites gegessen. Die untergehende Sonne hatte sich in seinem Glas gespiegelt. Der Weißwein war leicht über seine Zunge geglitten, und der salzig-faulige Geschmack des Fisches hatte

sich mit dem Geruch verbunden, der vom Meer zu ihm heraufwehte. Zufrieden und erschöpft saß er jetzt auf der Türschwelle, rauchte, sah die Palmen im gelben Licht der Fluter, die die Eisenbahngleise beleuchteten, sah den Mond.
Eine Krähe schrie, ganz nah, Grillen zirpten im Gras. Es duftete nach Blüten und Sommer, süß und undefinierbar.

12

Ich zeigte ihm die Stadt. Damals, als der Potsdamer Platz noch so aussah wie in »Himmel über Berlin«, aber man mit der U-Bahn in die Schönhauser Allee fahren konnte, einfach so, überirdisch, und es immer noch aufregend war. Wir flanierten durch den Prenzlauer Berg, am Wasserturm vorbei, über den Käthe-Kollwitz-Platz, wir sahen in verfallende Hinterhöfe, die nach Lysol rochen, und wir tranken einen Kaffee für zwei Mark fünfzig in dem kleinen Café mit der rosa Markise an der Schönhauser, in dem ich einige Jahre zuvor mit Paul gesessen hatte, als es noch die Mauer gab und wir uns fragten, auf welcher Seite die beiden an unserem Tisch waren. Der Mann und die Frau aus dem Osten, die mit uns über die Polen sprachen. Die Polen, die nichts taugten. Natürlich. Michel sah sich um; er fand alles kurios, die kleinen Deckchen auf dem Kaffeetablett, das weiße Schürzchen der

Bedienung, den russischen Zupfkuchen. Er sah mich an, als würde er mir im nächsten Moment um den Hals fallen oder mir einen Heiratsantrag machen. Am Paul-Lincke-Ufer fotografierten wir uns gegenseitig mit meiner Kamera; er lachte mich aus, weil ich mich zierte, aber wie die meisten Leute meines Metiers wird mir mulmig, wenn man die Linse auf mich richtet. Ich kam mir vor, als wäre ich mit ihm verreist, und ganz wie brave Touristen besuchten wir die Nationalgalerie, kauften Postkarten und spuckten in den Landwehrkanal. Ich mußte ihm alles über die ersten Tage nach dem Mauerfall erzählen, als ich unsicher grinsende Vopos an den Grenzübergängen fotografierte, lachende Menschenmassen, dicht gedrängt in dampfenden U- und S-Bahn-Abteilen, erschöpfte Menschenmassen am Abend, mit Plastiktüten in jeder Hand, in den Ostteil der Stadt zurückkehrend, der tagsüber gespenstisch leer gefegt gewesen war. Wegen der schwachen Straßenbeleuchtung waren die Nachtaufnahmen verwischt, fast ausgewischt die schmalen eilenden Figuren.

Wir küßten uns an jeder roten Ampel, in sämtlichen U-Bahnhöfen, in denen wir warteten, an Brückengeländern und irgendwann auch in den Cafés. Mein Atem ging leichter und wärmer zugleich durch mich hindurch. Ich fühlte mich beängstigend klar, wenn wir einander berührten, fast durchsichtig. Spät, sehr spät an diesem Tag, vielleicht war es auch schon der nächste, ich weiß nicht mehr, wo wir gelandet waren, um nur nicht zu mir nach Hause zu gehen, fragte er: Wenn ich jetzt die Jahre mit ihr einfach wegwerfe, denkst du dann nicht, ich könnte das mit dir auch einmal so machen?

Um ehrlich zu sein, ich dachte überhaupt nicht mehr. Ich badete in seinem zärtlichen Blick, ich sog seinen Geruch ein, eine Mischung aus Waschpulver und sehr angenehmem Schweiß, ich hielt seine linke warme Hand, seine rechte ebenso warme Hand spürte ich an meinem Rücken, auf meinen Schultern, an meinem Nacken, ich bog mich hin nach dieser Hand, hin zu ihrem Kraulen, Tasten, Streicheln. Ich berührte seine Haut zwischen Hemd und Hose. Je te veux, flüsterte ich in sein Ohr, je te désire. Er sah mich an, als hätte ich mich in die Königin von Saba verwandelt, und küßte mich so heftig, daß ich mich fallen ließ. Wörtlich.

13

Als Michel Cannes über die Autobahn verlassen wollte, geriet er in einen Stau. Er drehte am Radioknopf. Eine Frau mit deutschem Akzent sprach, ein bißchen erinnerte sie ihn an Lilli Palmer. Man muß seiner selbst sicher sein, sagte sie, wenn man Schubert singen will. Man darf nicht zu jung sein. Sehen Sie, ich war Ende Zwanzig, als ich anfing, Schubert zu singen: ich war noch jung! Heute denken alle, mit dreißig ist man nicht mehr jung. Aber es stimmt nicht. Mit dreißig Jahren hat man als Künstler ein

Instrumentarium entwickelt, in das man nun die Erfahrungen, die man als Mensch macht, hineinsickern lassen kann. Nein: muß.

Michel hörte zu. Es war Christa Ludwig, die über ihren Werdegang und ihre Arbeit berichtete, über ihre Lehrer und die Schwierigkeitsgrade der Lieder, die sie sang. Ihr Französisch war gut, sie sprach fließend, aber mit einem Akzent, der die Sprache verlangsamte, und einer betonten Sorgfalt in der Wortwahl.
Meine Erfahrungen haben mein Verständnis der Musik verändert, sagte sie, aber das ist ja eine Banalität. Und sie erzählte von ihren Begegnungen mit Karajan, der ihr geraten hatte, traurige Lieder zu singen. Sie sprach voller Achtung von ihm.
Der Sprecher kündigte Mahlers »Kindertotenlieder« an. Mahler hat sie am Anfang dieses Jahrhunderts komponiert, fügte Christa Ludwig rasch hinzu, also genau in den ersten Jahren seiner Liebe zu Alma.

Ich bin der Welt abhanden gekommen ...

Michel saß in seinem Auto, er fuhr Schrittempo auf der zentralen Ausfallstraße von Cannes, es war Ende Juni, ein heißer Tag, der Himmel blau, immer dieses Blau, die Sonne des Spätnachmittags trieb ihm den Schweiß auf die Stirn, und er hörte Christa Ludwigs Stimme Friedrich Rückerts Worte singen, *Mit der ich sonst viele Zeit verdorben.* Sein Blick wanderte von den Palmwipfeln am Straßenrand zum Wagen, der sich neben ihm durch den Stau bewegte. Zwei junge Frauen saßen darin, wenn man wie Christa Ludwig dreißig als jung durchgehen ließ, drei kleine Kinder auf dem Rücksitz. Alle hatten krebsrote Gesichter. Die Fahrerin war hellblond und lachte und redete sehr schnell; die andere, ein dunkler Typ mit dicken Augenbrauen, drehte sich ständig nach hinten, um den Kindern etwas zu reichen, ein Taschentuch, eine Flasche Limonade, einen Keks. Dann schnallte sich die Dunkle ab, kletterte auf ihren Sitz und versuchte, eine Stoffwindel an dem Fenster zu befestigen, auf das die Sonne knallte. Die Blonde war von der Hitze feucht im Gesicht, das Haar fiel ihr in salzverkrusteten Strähnen auf die Schultern; auch sie streckte manchmal einen Arm nach hinten, oder sie schnitt in den Spiegel Grimassen. Die Kinder waren sichtlich erschöpft, sie quengelten und brüllten, dann wieder fingen sie an zu lachen.

Wenn dein Mütterlein / tritt zur Tür herein ...

Der ganze Wagen schwankte leicht, ganz offensichtlich fuhr die Blonde bei jeder Vorwärtsbewegung der Blechkolonne etwas ruckartig an. Die Dunkle kämpfte mit dem Tuch. Sie hatte das Fenster einen kleinen Spalt heruntergedreht und das Tuch über die Scheibe gehängt; doch jedesmal, wenn sie das Fenster wieder schließen wollte, rutschte das Tuch herunter. Die beiden Frauen schienen sich köstlich dabei zu amüsieren; manchmal schlug die Blonde der Dunklen wie einem Pferd aufs Hinterteil. Christa Ludwig legte ihre gesamte Erfahrung in Mahlers Noten, die Herbert von Karajan mit seinem reichen Wissen dirigierte und die Berliner Philharmoniker mit hingebungsvoller Konzentration spielten: *Um Mitternacht / Hab' ich gewacht / Und aufgeblickt zum Himmel; / Kein Stern vom Sterngewimmel / hat mir gelacht / Um Mitternacht.*

Damals, so dachte Michel, hat es noch keine Kindersitze gegeben.

14

Meine Geschichte der Abhängigkeiten beginnt stets mit der zweiten Nacht, oder sollte ich von den Geschichten meiner Abhängigkeit sprechen. Immer war es so, daß ich mich nach einer Liebesnacht, der ersten also, noch sehr elegant aus der Affäre ziehen konnte, ungeachtet ihres Verlaufes im übrigen, und noch bevor man überhaupt von einer Affäre hätte sprechen können. Hin und wieder geriet ich aufgrund irgendeiner Unachtsamkeit oder einer vorübergehenden Unentschlossenheit, einem Anfall von Müdigkeit oder aus mangelndem Urteilsvermögen in eine mir oder dem anderen zugestandene zweite Nacht, deren Folgen mich zwangen, eine meiner Redaktionen um einen Auftrag zu bitten, der mich möglichst schnell mehrere Hunderte von Kilometern weit von Berlin entfernte.

Aber ich schweife ab, denn von Liebesnächten konnte mit Michel vorerst überhaupt keine Rede sein. Es gab in diesen ersten Tagen unserer doch so flammenden Bekanntschaft überhaupt keine Nacht. Das heißt, Nächte gab es schon, aber eben keine im Bett. Damit hatte ich nicht gerechnet, und darauf war ich nicht vorbereitet. Wohl hatte ich Herren erlebt, die mich als Ausbruchsphantasie ihrer bröckelig-klebrigen Beziehungen ansahen, mich in ihre Federn lockten, um sich im entscheidenden Augenblick wie zimperliche Jungfrauen zu verweigern. (Auch hierbei galt für mich die Regel der zweiten Nacht: Eine Chance gab ich einem solchen Kandidaten noch, dann zog ich weiter. Es hat alles seine Grenzen.)

Wäre ich eine Zeitgenossin dieser berüchtigten Marquise von Sowieso gewesen, hätte ich vermutlich Lunte gerochen. Doch sicherlich zu Unrecht, denn nach vorsätzlichem Hinhalten zwecks Steigerung der Leidenschaft sah Michels Ausweichen nicht aus. Plötzlich wollte er fort, plötzlich war er fort, und ich, ich saß in der Falle.

Er nahm den Zug nach München, es nieselte, und die Sonne schien, ein Regenbogen hing über dem Bahnhof Zoo, als ich, keine halbe Stunde später, in den Intercity nach Hamburg stieg, zu meinem alten Freund Kasimir. Als er mich freundlich mit der Frage empfing, ob ich wieder einmal auf der Flucht vor Männern sei, brach ich in Tränen aus und gestand alles.

Einen Kuß noch, flehte ich innerlich, nur einen Tag mehr.

Kasimir riet mir, die Flinte nicht ins Korn zu werfen und Michels Angebot anzunehmen, ihm postlagernd zu schreiben.
Ich und schreiben.
Und dann zeigte er mir das Foto einer schmaläugigen, langbeinigen Hamburgerin und sagte: Ich bin ein König, ich bin ein König, stell' dir vor, diese Prinzessin hat mich erhört!

15

Mais oui, sagte Madame am Abend, in Cannes ist immer Stau, auch wenn man nach Saint-Tropez hineinwill. Das ist die Côte d'Azur. Manchmal braucht man zwei Stunden, um von Saint-Aygulf nach Saint-Raphael zu gelangen. Ein Verkehr, schlimmer als in Paris.

16

Aber worauf sollte ich hoffen?
Ich war und bin kein Mensch, der Vergangenheit oder Zukunft, Erinnern oder Hoffen zu seinen Spezialgebieten rechnen kann.
Ich bin hier und jetzt, und wie ein vierjähriges Mädchen will ich alles, was ich will, sofort und

gleich. Ich habe noch nicht verstanden, warum Richard Avedon sagt, jedes Foto sei ein Tod, aber ich verstehe sehr wohl etwas anderes, das er gesagt hat: daß Fotos den Prozeß unseres Alterns leugnen und zugleich eine Chronik unseres Verfalls liefern. *Indem man das Leben in einem Foto anhält, schafft man eine Art Tod, gleichzeitig aber auch Unsterblichkeit.* Von diesen Dingen begreift man vielleicht erst etwas, wenn man älter ist; damals jedenfalls war ich weit entfernt davon, über metaphysische Fragen zu grübeln. Allein das Wort Kontinuität schimmerte für mich wie ein ferner unerreichbarer Stern, der des Nachts und von weitem zwar verlockend glänzte, auf dem ich jedoch tausend Gefahren witterte und überhaupt eine kolossale Täuschung.

Ich betrank mich mit Kasimir, fütterte ihn mit gegrillten Scampis und fragte mich, weshalb es zwischen ihm und mir eigentlich niemals zu Liebesnächten kam.

17

Es regnete.
Er hörte es, bevor er die Augen öffnete und in das dämmrige orientalisierende Zimmer sah, in dem er und sein Bruder und seine Mutter vor so langer Zeit aufgewacht waren, jeden Morgen, viele Wochen

lang, und er sah hinaus durch das kleine Fenster mit dem Fliegengitter davor, hinaus in ein Grün, das dunkler leuchtete als an den anderen Tagen. Der Regen fiel arglos und beständig, einlullend. Er hätte gern Bach gehört und Judith neben sich gehabt, leicht, unverfänglich, vertraut. Er hätte ihre helle Haut betrachtet und sie berührt, ganz leicht, bis sie lächeln würde.

Als er im Pyjama seinen Kaffee trank und ein Stück Baguette vom Vortag eintunkte, dampfte draußen alles. Der Regen schlug leicht gegen die mit schmalen grünen Blechstreben unterteilten Atelierfenster und rann an ihnen hinab, schnell, zielstrebig, weich.

Entschuldige.

Es war irgendwo im Osten gewesen, oder in einem Café in Kreuzberg.

Ich würde dich so gern behalten, hatte er geflüstert.

Ihr Gesicht berührt.

18

Meine liebe Freundin, ich habe mich daran gewöhnt, mit dir zu sprechen. Als ich heute morgen aufgewacht bin, war ich unendlich traurig, und ich wußte nicht, weshalb. Den ganzen Tag lang habe ich dieses Gefühl nicht loswerden können, obwohl ich alles daransetzte, mich davon abzulenken. Ich

konnte mich nicht entschließen, an den Strand zu gehen, der Himmel war bewölkt. Die Jungen tobten im Studio herum, sie kicherten und spielten phantastische Abenteuer von mir völlig unbekannten, geheimnisvollen Figuren. Sie brauchen mich nicht mehr, dachte ich, obwohl ich weiß, daß es nicht stimmt. Und doch. Nach den Sommerferien wird auch Patrick in den Kindergarten gehen, und ich werde am Vormittag Zeit haben. Vielleicht habe ich Angst vor dieser Trennung. Heute habe ich zum erstenmal darüber nachgedacht, was ich dann tun werde, in dieser Zeit, mit meinem Leben.
Ich gebe zu, ich bin erschrocken.
Am liebsten hätte ich sie zu mir gerufen und sie fest an mich gedrückt. Aber sie waren in ihr Spiel vertieft, und schließlich sind kleine Jungen nicht dazu da, ihre von plötzlicher Lebensunsicherheit und Einsamkeit befallene Mutter zu trösten.
Ich bereitete einen Salat aus den gebratenen Hühnchenresten von gestern zu, mit Mayonnaise und Tomaten, legte Kekse in eine alte Teebüchse, die ich in Madames großem Küchenbüfett gefunden habe, und packte alles mit zwei Flaschen Wasser in unseren Picknickkorb. Die Jungs maulten zuerst herum, aber als wir in der Ente saßen und in die grüne Landschaft hineinfuhren, lachten sie schon wieder. Grasse war eine Enttäuschung, die grauen, an den Hügel geklebten Häuser, die bedrückend engen Gassen, die fast den Blick auf den Himmel nehmen und die in der Mittagszeit höchstens eine räudige Katze überquert: sie waren alles andere als dazu geeignet, meine Trübsal zu verjagen. Diese Traurig-

keit heute ist ganz anders als sonst, du weißt ja, daß ich manchmal an einer leichten Melancholie leide oder plötzlich von einer verzweifelten Stimmung besucht werde wie von einer alten Tante, die man eigentlich gern hat, die sich jedoch immer ohne Anmeldung bei dir breitmacht, Tee und Aufmerksamkeit will und sich einen Dreck darum schert, daß die Kinder auch noch da sind oder ich mir gerade einen besonders schönen Roman vorgenommen habe. Diese Traurigkeit ist seltsam, sie ist da, aber sie entrückt mich nicht, sie legt keinen Schleier über die Wirklichkeit, sie gibt mir keinen Anhaltspunkt, woher sie kommt oder weshalb sie bleibt. Ich möchte mich in eine Ecke zurückziehen, mich einrollen und weinen, aber ich spüre keine Tränen.

In der Parfümfabrik gab es eine Ausstellung mit alten Flakons, kleinen Taschen, Kämmen, Haarspangen, feinen Spitzentüchern. Damensachen, objets de toilette, alle ungeheuer possierlich, so daß ich mir sofort vorstellte, eine Dame in ferner Zeit zu sein. Die Stiche mit den Kostümen verschiedener Epochen konnte ich mir gar nicht in Ruhe ansehen, Patrick langweilte sich und flitzte fremden Leuten zwischen den Beinen hindurch, gefolgt von Michels Geheul. In Deutschland hätte man uns vermutlich mit strengen Blicken gestraft und hinausgeworfen, aber hier lachte man, nur die Aufsicht geriet in Panik. Wir schlossen uns, ein letzter Versuch, etwas über die Herstellung der kostbaren Wässerchen zu lernen, einer Führung an. Ich kann mich nur an die vielen glänzenden Kupferkessel erinnern, in denen die Blütenextrakte gelagert, komprimiert und destilliert werden. Was die junge blonde Holländerin mit ihrem krachenden Akzent erläuterte, entging mir vollständig, dabei sah sie uns immer wieder so freundlich ermunternd an. Als wir endlich wieder an der Luft waren, goß es in Strömen.

Patrick mußte Pipi, und Michel wollte eine heiße Schokolade.

19

Der kleine Scheibenwischer quietschte hin und her, und über den immer stärker ansteigenden Hängen, durch die die Straße nach Grasse hinaufführte, hing der Regen wie ein Schleier. Die Scheiben beschlugen von innen, und wenn er das Fenster öffnete, regnete es auf seine Schulter und seinen Arm. Jane Birkin stöhnte »entre tes reins«, und Serge Gainsbourgh plauderte über vergangene Zeiten, die achtundsechziger Jahre, die bis in die siebziger hinein andauerten und offenbar von Liebe, Lust und Alkohol erfüllt gewesen waren. Seine Stimme klang alt und müde, und er nannte sich selbst sentimental. Aber Jane Birkin – er lachte – finde ich immer noch sexy.

Ich finde dich auch sexy, fluchte Michel, obwohl ich gar nicht weiß, wie du jetzt aussiehst.

20

In diesem Moment wünschte ich mir brennend, Lukas wäre bei uns. Ich wurde sogar für einige Sekunden aus meiner Traurigkeit gerissen, weil ich wütend wurde auf ihn, weil er diesen verdammten Beruf hat und wir ohne ihn in die Ferien fahren müssen. Gestern am Strand hat mich so ein Idiot gefragt: Und der Vater der Kinder? Höflich erklärte ich es noch, er hörte gar nicht zu! Das sind ja keine Ferien, ohne Vater, da stimmt doch etwas nicht. Sprach's, sah mich mit seinen herausstehenden Augen wie ein Monster von Hieronymus Bosch an, drehte ab und steuerte aufs Wasser zu. Ich sah ihm hinterher, fassungslos, mein Hals und mein Gesicht waren krebsrot, so heiß, wie sie sich anfühlten. Ich hätte am liebsten geheult und ihm ein böses Schimpfwort hinterhergeschrien. Den lieben langen Tag posiert er auf seinem Badetuch, als wäre er Napoleon und wir seine Armee. Die werte Gattin hingegen stolpert auf dem sandigen Boden der Tatsachen den Kindern hinterher, cremt sie ein, verteilt belegte Brote, Saft und Melonenscheiben. Keine Minute sehe ich sie vor sich hin träumen oder lesen! Als Patrick vor ein paar Tagen in die Wellen rannte und kopfüber für einen Moment unter Wasser verschwand, hat der vorbildliche Familienvater mich angesehen, als hätte ich mein eigenes Kind ertränkt. Völlig außer Atem schleppte ich den Kleinen, der vor Schreck natürlich brüllte, zu unserem Sonnenschirm. Was sagte das Storchenbein: Man muß schon auf seine Kinder aufpassen.

Lachhafte kleine Abenteuer.

Was rege ich mich überhaupt so auf, ich habe ja nichts mit ihm zu tun. Ein bißchen muß ich aber doch darüber schmunzeln, denn noch am selben Tag, gegen Abend, als er seinen strahlenden Siegerleib bereits in Hemd und Hose geschoben hatte, entwischte ihm eins seiner Gören, und niemand Verantwortungsloseres als ich bemerkte es und preschte hinterher. Voilà, Monsieur, flötete ich ihn an, man muß doch etwas sorgfältiger auf seine Kinder aufpassen, Sie wissen sicher selbst, wie schnell das gehen kann, eine Welle oder zwei –

21

Wieso gibt es Begegnungen mit anderen, die ins Nichts führen?
In den sechs Jahren, in denen Michel mit Judith zusammen war, hatte er das eine oder andere Mal eine Frau geküßt, hatte eng umschlungen mit ihr getanzt. Aufs Ganze, wie er es nannte, war er nie gegangen. Und dann Elisabeth, die ihm bei ihren seltenen Begegnungen manchmal gegenübergesessen hatte, still, aufmerksam, wartend, daß er aus dem Zickzack seiner Gedanken wieder auftauchte.

22

Er ließ mich nicht aussprechen, er zischte merci, zerrte das kleine Mädchen am Arm und stapfte davon. Patrick und Michel klatschten, als ich mich wieder zu ihnen aufs Handtuch setzte.

Du wolltest ja unbedingt vorausfahren, chère Hélène. Immer sagt Lukas »chère Hélène« zu mir, wenn er verärgert ist oder eine schiefe Stimmung zwischen uns. Ich könnte ihm dann jedesmal an die Gurgel gehen. Chère Hélène, du hättest ja einen Lehrer heiraten können, mit festem Einkommen und regelmäßiger Arbeitszeit. Wenn wir an diesem Punkt angelangt sind, werfe ich meistens eine Tasse oder einen Teller nach ihm, was gerade greifbar ist. Und jedesmal weicht er geschickt aus. Einmal war noch Kaffee in der Tasse. Ich sah ihn in einem Bogen aus der Tasse fliegen, als ob der Kaffee eine höhere Fluggeschwindigkeit hätte als das Porzellan, er beschrieb sogar noch eine Kurve, bevor er mit einem hübschen leichten Klatschen auf der gelb gestrichenen Wand landete, gefolgt vom Aufprall der Tasse, die sofort zersprang und auf dem Boden zerschellte. Sieh mal, entfuhr es mir: Tachismus. Erstaunlich langsam lief die braune Flüssigkeit die Wand hinunter, verschiedene Tropfenformen ausbildend.

23

Wer, wenn er mühsam nur das Land gewonnen,/ Sehnt sich ins Meer zurück, wo's wüst und schwindelnd?

24

Michel lag auf dem Rücken, auf einem Handtuch. Seinen Körper hatte er in den warmen Sand gedrückt, die Arme locker von sich gestreckt. Die Ellenbogen lagen in einer Kuhle, und durch die nach oben geöffneten Handflächen ließ er immer wieder den heißen Sand rieseln. Er konnte noch nicht glauben, daß er Ferien hatte. Nicht nur sein plötzlicher Entschluß, hierher zu fahren, versetzte ihn in eine unruhige Spannung; auch die Anstrengung der letzten Wochen wirkte in ihm nach. Sein erster vollkommen eigenständig ausgeführter Auftrag, vom Entwurf bis zum fertigen Bau, lag hinter ihm. Michel lächelte; ein Schwimmbad war selbst für etablierte Architekten eine besondere Sache. Ausgerechnet ein Schwimmbad! Vielleicht ist das der Trick, dachte er, man läßt jemanden ran, der keine Leidenschaft für diesen Sport hegt. Einen, der das Wasser scheut wie –

25

Grillparzer war es, ich weiß es wie gestern, Grillparzer in Wien, Wien, das ganz in der Nähe von München lag, in der aberwitzigen Geographie meiner Verliebtheit, aber gern fahre ich nach Wien, in die Stadt der Buchteln und der köstlichen kleinen Sandwichs bei wie hieß der Laden gleich, die wir, Eduard und ich, mit weißem Wein runterspülten, leichtfertig, lachend, vor langer Zeit.

26

Wieder läuft einer dieser grobkörnigen, gelbweiß überstrahlten Filme durch seinen Kopf, ein Blitz, eine Sekunde, er sieht einen Jungen, der in den Himmel ragt, die Hände über den Kopf gestreckt, hochkonzentriert.

27

»Des Meeres und der Liebe Wellen«, auf immer wird dieses Stück für mich mit Michel dem Hübschen verbunden sein, auch wenn er inzwischen wie alle Männer Mitte Dreißig korpulenter geworden sein mag. Ja, sie werden kräftiger, nicht unbedingt dick, aber ihre Physiognomie verändert sich, selbst Paul der Leptosome ist nicht mehr ganz so spindeldürr wie noch vor drei Jahren. Gesetzter. Das darf man ihnen nicht sagen, sie fürchten sich davor genauso wie ich mich fürchte, eines Tages im Vorübergehen in einem Schaufenster zu entdecken, daß mein Gesicht schon auf diese schreckliche matronenhafte Weise auseinandergegangen ist. Auch nicht dicker, aber gesetzter eben, etwas Flächiges, das nur wenigen Frauen erspart bleibt.

Während ich mit den schlechten Lichtverhältnissen kämpfte – Theateraufnahmen machte ich nur im Notfall, wenn kein anderer sich fand –, kribbelte und zog es unkontrolliert zwischen meinen Beinen, diesem Ort, für den unsere Sprache so wenig übrig hat. Ich fotografierte Hero und Leander. *Wie kein Mann sie rühren kann und sie Priesterin der Venus wird.* Sie trug einen Krug auf dem Kopf. Leander, der tumbe Tor, sprang aus den Plastikbüschen und warf sich Hero zu Füßen, da war's aus mit der Klosterkarriere. *What the world needs now, is love sweet love* war vom Band zu hören. Ich habe nicht viel übrig für diese modernen Inszenierungen, doch als Leander voll glitschiger Algen ans Ufer gespült wurde und die kleine Hero sich über ihn beugte wie die Seejungfrau über ihren geretteten Prinzen, nur daß der Prinz hier mausetot ist, da war ich seltsam gerührt.

28

Als er zum erstenmal die Ausschreibung in der Hand gehalten hatte, war auch der Film in seinem Kopf zum erstenmal aufgetaucht. Sofort hatte er sie beiseite gelegt, nein, das war entschieden nicht sein Feld, Sprungtürme zu berechnen, verschieden abgestufte Beckentiefen festzulegen, die Blautöne für ihre Kacheln zu bestimmen, Duschanlagen und Rutschen anzuordnen. Allein der Gedanke an dieses Blau. Türen würden sich öffnen, in seinem Inneren, die er lieber unter Verschluß halten wollte. Doch dann hörte er nicht auf, daran zu denken. Umrisse tauchten auf, veränderten sich, fügten sich neu zusammen, als liefe ein Computerprogramm in ihm ab, ohne sein Zutun. Dazu kam eine Art überflüssiger Energie, die sich auf beunruhigende Weise mit einer kleinen Langeweile verband. Alles war so wohlgeraten in seinem Leben. Seine berufliche Entwicklung ließ nichts zu wünschen übrig; für seine Abschlußarbeit an der Akademie, den Entwurf eines Bürogebäudes, hatte er einen Preis erhalten – und einen Job in der Firma, die ihn ausgeschrieben hatte.
Seine Beziehung zu Judith war stabil.

Stabil.

Michel hörte das Klingeln des Eisverkäufers, der seinen kleinen Kühlwagen mit Eis und Getränken

am Strand entlangschob. Sein Gaumen war trokken, aber er hatte keine Lust aufzustehen.
Stabil, buchstabierte er für sich; was für ein Wort für jenes fragile Gleichgewicht, das er seit seiner Begegnung mit Elisabeth in seinem Gefühlsleben hielt, gerade so. Manchmal war es ganz leicht, wenn Judith und er in ihrem Alltag aufgingen, wenn sie ihre gemeinsamen Vorlieben für gutes Essen, gesellig verbrachte Abende, Kino, gepflegte Unterhaltungen über Kultur und Klatsch pflegen konnten. Wenn sie davon geschluckt wurden, sich über alles Erlebte auszutauschen, leicht plaudernd, bei einem trockenen Weißwein. Wenn sie über Freunde und Bekannte Mutmaßungen hin- und herschoben, immer mit dem Gestus, daß ihre Liebe unantastbar sei von den Irrungen und Wirrungen der anderen. Michel spürte, daß Judith die Veränderungen an ihm registrierte; doch stets scherzte sie: Das ist nur das Alter, mein Süßer, wenn du plötzlich merkst, daß du kein Student mehr bist. Daß die Jugend vorbei ist. Adios, muchachos, kommen andere Dinge. Sie lachte, und sie küßte ihn zärtlich auf die Stirn, als würde sie eine Süßigkeit aus der eigens dafür vorgesehenen Dose holen und ihm zustecken, zum Trost. Und jedesmal nahm Michel es dankbar an, während er mit großen Lettern an der Wand geschrieben sah:
Entwischt.
Entronnen.
Gerade noch mal gutgegangen.

29

Zum Trost, aus Erschöpfung und wegen meiner völligen erotischen Überspannung knutschte ich am Abend nach der Fotoprobe mit meinem alten Freund herum. Eduard mit seinem altmodischen Namen, über den ich immer lachen mußte, und seinem Stets-zu-Diensten-Blick, wenn er hungrig auf meinen Mund sah, beim Essen, Trinken, Reden.
Er freute sich und füllte mich mit Grünem Veltliner ab; die Holzplanken schwankten unter meinen Füßen, als er mich ins Schlepptau nahm. Aber er ist ein verläßlicher alter Freund, der das Einladende der Situation nicht ausnutzte, sondern mich nach einem doppelten Alka Seltzer in Wasser brav in sein Gästebett verfrachtete.
Oh, Michel, fast hätte ich mir deinetwegen die Gesundheit ruiniert! Die Welt bestand nur noch aus Ohren und Mündern, die geküßt, Hälsen, die mit der Zunge abgeschleckt, und Männern, die verführt werden wollten.

30

Mit der Zeit war er sich nicht mehr sicher, ob er wirklich erleichtert sein sollte über dieses Entrinnen. Vielleicht handelte er sich nur einen Aufschub ein, der sich Tag um Tag drückender auf seine Schultern, auf einen ihm selbst verborgenen Lebensnerv legte. Müde kroch er morgens aus dem Bett, müde kroch er abends wieder hinein, als hätte es den Tag dazwischen nicht gegeben. Manchmal wurde er wütend auf Judith, weil sie sein Unbehagen fortwischte, und manchmal wurde er wütend auf sich selbst. Daß sie niemals die Geduld verliert, macht mich verrückt. Daß sie ahnt und schweigt. Sogar als er jetzt angekündigt hatte, er wolle einmal allein verreisen, nach all den Jahren. Sie, die sechs Jahre älter war als er und dies gern betonte, hatte ihn fragend angesehen. Und nach einer Weile, seufzend: Wenn du meinst.

In ihrem abgekarteten Spiel, nein, in ihrer eingeübten Form höflicher Vermeidung, war dies ihr Äußerstes, das wußte er.
Weiter würde sie nicht gehen.

31

Mit dem Kater war sie da: die Einsamkeit des Körpers, die die Seele traurig macht. Schneegraupel fiel in die Frühlingslandschaft, Schneegraupel fiel auf mein glühendes Gesicht.

32

Michel zuckte am ganzen Körper; jenes ruckartige Loslassen durchfuhr ihn, das kurz vorm Einschlafen eine neue Stufe der Entspannung anzeigte. Er öffnete die Augen, benommen, richtete sich hoch. Die Hitze. Vielleicht muß ich doch mal ins Wasser. Unfaßbar. Ich mache mich ja lächerlich, wenn ich Ferien an der Côte d'Azur mache, ohne ein einziges Mal im Meer zu schwimmen. Als er aufstand, sah er ein paar Funken vor den Augen, ganz langsam ging er in das flach auslaufende Wasser hinein, das türkis durchsichtig vor ihm lag, freundlich, ruhig, kühl. Es kam ihm nach dem langen Liegen in der Sonne sogar kalt vor. Langsam watete er weiter; er mußte lange seine Füße durchs Wasser ziehen, bevor es tiefer wurde. Als es ihm bis zur Hüfte reichte, benäßte er seine Arme, seinen Oberkörper, seinen Hals. Mit beiden Händen schöpfte er es ins Gesicht; er genoß die Erfrischung und strich sein Haar zurück. Dann ließ er sich ins Wasser gleiten.

Wie oft habe ich eine Gelegenheit zum Flirten genutzt, dachte er, wenn ich in einer anderen Stadt war oder allein auf einer Party. In all den Jahren, aber niemals hat es mich verändert, und niemals hat Judith etwas gesagt. Manchmal habe ich das Gefühl, sie blendet es einfach aus. Sie läßt den Jungen machen, sie nimmt ihn gar nicht ernst.
Und Elisabeth?

Was würde sie tun?
Und er?
Er sah ihren nackten Körper vor sich, das Mondlicht, das darauf spielte.
Ihre kleinen Brüste, die schöne Linie ihrer Taille, ihre Armbeuge. Er hörte sie leise stöhnen, als er in behutsamen, genießerischen Zügen vorwärts schwamm, immer wieder mit dem Kopf ein- und auftauchend. Gleichmäßig, wie er es im Unterricht gelernt hatte.

Mit Elisabeth habe ich mich jung gefühlt. Nicht jünger, wie mit Judith, sondern jung und ausgelassen und gleichberechtigt, obwohl Elisabeth, meine rote Ella, hundert Prozent mehr Erfahrung hatte als Judith. Michel mußte lachen, und zugleich fühlte er seinen Hals blockiert, der berühmte Frosch, der Wächter ungeweinter Tränen, der seine Backen boshaft blähte. Dabei habe ich sie nicht einmal alle kennengelernt, ihre wunderbaren Erfahrungen.

Wenn ich jetzt meine Gedanken ausschalten könnte – Michel sah das helle Blau des Himmels, das an das dunklere des Meeres stieß. Je weiter er hinausschwamm, desto dunkler wurde es, es war nicht mehr durchsichtig. O ihr Götter, schenkt mir Vergessen, nur einen kleinen Augenblick, wo habe ich das nur gelesen, so oder ähnlich? Dieses Gehirn, das erinnert, was es nicht soll, und das vergißt, wo –

33

Als wir heute an den Strand kamen, wäre ich fast gestorben vor Scham. Ich trug meine Sonnenbrille. Wir mußten am Kiosk vorbei, es half nichts, und nicht an den Strand zu gehen hätte mich auch zerrissen. Aber Jules lächelte beglückt, als er mich sah, und später, als ich einmal allein bei ihm stand, im Schatten, und auf dieses unerhört blaue Meer sah, hat er für mich gesungen. Wie ein Schauspieler, der für Kinder einen Ulk macht, so sang er, fröhlich und unbeschwert, ein Liedchen von der Liebe. Von einem Wäldchen, in dem er die Liebste fand. Es war kitschig, es war herzzerreißend, und ich war hin und weg, aller Spott, den ich aufzubringen versuchte, half nichts. Nichts half mehr, nichts hilft mehr, das dachte ich den ganzen Tag. Übermut erfaßte mich und – Glück.

Ich liebte jedes einzelne Sandkörnchen, das hell auf meiner leicht gebräunten Haut schimmerte, jedes Tröpfchen Wasser, das meine Beine und Arme und und und berührte.
Ich herzte die Jungen, die es vermutlich für eine der üblichen Launen ihrer Mutter hielten und sich nichts weiter dabei dachten. Oder doch? Michel beobachtete mich, er folgte mir an den Kiosk, er sah von Jules zu mir und wieder zurück, und die ganze Zeit hielt er meine Hand fest umschlossen. Jules machte Scherze mit ihm, comme d'habitude, mit

Gesten, mit Worten. Und wie immer schenkte er den beiden eine Süßigkeit. Er hat es vom ersten Tag an getan. Wie schlau von ihm! Oder hat er es etwa nicht geahnt? Ach, ich weiß nicht, all diese Krautundrübengedanken laufen doch immer nur auf einen Punkt zu: seine Augen, seine Lippen, seine Haut.
Seine schöne heiße Haut.

34

Er schwamm mit einem leichten Frösteln.
Ich möchte mich betäuben, dachte er, mich einschläfern, mich im Sand vergraben, aber nur zur Hälfte, die andere Hälfte müßte wach bleiben, um alles zu registrieren, dieses »ich schwimme zum erstenmal im Meer«, das mich an ein anderes Erstesmal erinnert, als wäre mein Körper unlösbar an diesen einen Körper geheftet, ihren Körper, der – aber nein, aufhören, ich will nichts denken, ich will meine Ferien von Michel, erfolgreicher Jungarchitekt aus München, geboren im Jahr 1967, Michel, der nur ein wenig Erholung sucht an der Côte d'Azur, diesem abgetakelten, heißbeneideten Domizil der Schönen und der Reichen, der Sommerfrische und Kriegszuflucht zahlreicher Künstler und –

35

Algerien.
Die Wüste.
Leuchtende Mosaike, türkis, weiß, rosa.
Verschleierte Frauen, die Kasbah, der Ruf des Muezzin am Morgen, aufgenommen von einem zweiten, dritten, vierten, ein Gesang, über die langsam erwachende Stadt getragen, über dem leichten, pudrigen Morgendunst, der nach oben steigt, dieser Wechsel der Stimmen, ein Verdichor in diesem Nah, Fern, Näher, Ferner, den Himmel über den Dächern ausweitend.
Er ist in Algerien geboren, liebe Freundin, der ich schreiben würde, in Algier. Ganz beiläufig haben wir darüber gesprochen, ich sah wieder vom Schatten aus aufs Meer, die Arme der großen Platane wie ein Rahmen für das helle Licht über dem Strand. Ich sah in seine wasserfarbenen Augen. Sah seinen braungebrannten kahlen Schädel an, der mich am ersten Tag gleich für ihn einnahm, weil ich an Yul Brynner denken mußte, in »The king and I« mit Katherine Hepburn, und ich sah die Sandkörnchen auf meinen Armen.

L'Algérie.
Die Skizzen, die Delacroix auf seiner Nordafrikareise gemacht hat. Bewegte Pastelle von Haremsdamen, Blatt um Blatt, wie hingeworfen, später in Öl festgehalten, »Les femmes d'Alger«. *Elle marche*

en déesse et repose en sultane, / Elle a dans son plaisir la foi mahométane.
Lukas wäre empört, wie immer, wenn mir anstelle von Befreiungskriegen als erstes Bilder einfallen, wenn mir Gemälde und Skizzen vor mein Auge treten und ich mir überlege, unter welchen Bedingungen sie entstanden sind und ob Klee und Macke wohl in Tunesien das Farbpulver gekauft haben oder ob sie es, und wenn ja wie, mitgeschleppt haben.
Wenn es mir tagelang keine Ruhe läßt, ob Delacroix »Der Tod des Sardanapal« und »Das Massaker von Chios« vor seiner Reise gemalt hat oder danach.
Aber so ist es in meinem Kopf, obwohl ich Camus gelesen habe, wie alle, und obwohl Lukas mir alles haarklein erzählt hat, von diesem Film, »La Bataille d'Alger«, den ich nie sehen wollte. Ben Bella, Evian, FLN. Ich wollte niemals etwas wissen, vom Bombenlegen, von Verhör und Folter, von Offizieren und Generälen und –
und plötzlich sah ich Jules an und fragte mich, auf welcher Seite seine Familie stand und wieso er hier war, und –

Ich habe keinen Kontakt dorthin, sagte er.
Es interessiert mich nicht.
Ich war, liebe Freundin, schockiert.
Da stand er und hörte arabische Musik in seinem kleinen Transistorradio, und es interessierte ihn nicht.

Ich war vier, fast fünf, als wir hierhergekommen sind. Wir sind durchs ganze Land gezogen; mein

Vater hatte immer andere Jobs, und ich kann mich an keine Schule erinnern, in der ich länger als zwei Jahre gewesen wäre.
Das hat er gesagt, als ich vor Schreck gar nichts mehr von mir gab. Er lächelte mich an, noch einen kleinen Kaffee, Hélène?
Ich wollte ihn nicht fragen, als was sein Vater gearbeitet hatte, also schüttelte ich den Kopf und murmelte etwas von den Jungs.

36

Einem heiteren Impuls folgend schüttelte er sein Haar, wendete in Richtung Strand, schwamm zügig darauf zu, drehte sich plötzlich auf den Rücken und ließ sich treiben. Er sah in den wolkenlosen, blaßblauen Himmel. Er sah ein Augenpaar, das sofort wieder verschwand. Es hatte die gleiche Farbe, nur durchsichtiger.

37

Pied noir. Schwarzfuß.
So nennt man diese Leute, Franzosen, Kolonialisten, in Algerien mehr zu Hause als hier.
Ich dachte an Mamie.

Ich hatte es auch nicht als meine Sache angesehen, als Frankreich und Algerien kämpften, vielleicht weil Mamie nicht mehr lebte und Mama mir mit ihrem »Ich bin französischer Herkunft«-Getue auf die Nerven ging.
Dabei trage ich ihrer beider Vornamen.
Schließlich war ich viel zu jung.

38

Madames Wohnung roch nach Sandelholz, Rosen und Basilikum, eine Mischung, die Michel zu seiner eigenen Überraschung verwirrte.
Als er müde, etwas sonnenverbrannt und vergnügt von seinem Ausflug aus Saint-Aygulf zurückgekehrt war, hatte Madame ihm aufgelauert.
Kommen Sie, nehmen Sie einen Aperitif mit mir.
Warum nicht.
Der Salon, in den sie ihn bat, überraschte ihn: Dicke dunkle Holzbalken durchzogen den Raum, vor dem Kamin lagen Zebrafelle, an den Wänden hingen Masken aus Übersee, er konnte nicht ausmachen, aus welcher Region der Welt. Schwere Eßstühle mit gedrechselten Beinen und Lehnen standen um einen Tisch, der mit einem Teppich bedeckt war. Orangen leuchteten darauf und große rosafarbene Orchideen.
Vergeblich sah er sich nach einer Sammlung von Familienfotos um; statt dessen schleppte sie, nach-

dem sie ein Tablett mit Ricard, einer Wasserkaraffe und Erdnüssen vor ihm auf den niedrigen Tisch gestellt hatte, nehmen Sie, nehmen Sie sich, einen dicken Wälzer heran. Sehen Sie, sagte sie, das ist Colette. Kennen Sie Colette? Eine der größten französischen Schriftstellerinnen.
Michel machte eine entschuldigende Geste.
Sie war meine Großtante, stellen Sie sich vor.
Sie hielt ihm das Buch unter die Nase.
Meine Mutter sah ihr sehr ähnlich.
Genauso schnell, wie sie ihn hingehalten hatte, ließ sie den Bildband wieder verschwinden.

Der Anisgeschmack lag pelzig auf seiner Zunge, betäubend, und unter seinen Beinen knarrte das schwarze Ledersofa. Wäre ich Elisabeth früher begegnet, hätte ich sie vielleicht gar nicht beachtet. In keinem Fall hätte sie mich so berühren können und an all diese verschlossenen Welten anklopfen. Ich hätte sie hübsch gefunden, oder nett, und wäre meines Weges gezogen. Ich habe sie also im richtigen Moment getroffen? Auf halber Strecke vielleicht. Es ist schließlich ein paar Jahre her, unsere kleine Geschichte, und erst jetzt taucht sie wieder auf, mit einer Wucht, als würde ich sie –
Venez, jeune homme, ich zeige Ihnen noch das Zimmer, das Sie nicht haben wollten.
Madame zog ihn am Ärmel, er hatte ihr nicht zugehört, nur Stichworte aufgenommen, genickt, gefragt, vielleicht hatte er sogar seinen Beruf genannt, er wußte es nicht. Es war wie so oft in der letzten Zeit, wenn er während eines Telefonats

plötzlich registrierte, daß er innerlich weit fortgegangen war, langsam, Schritt um Schritt, energiesparend wie ein Nomade, der tagelang durch die Wüste gehen kann, Fuß um Fuß, mit einem winzigen Vorrat an Wasser auskommend und ohne zu essen.

Er roch wieder ihr Parfüm, das herb und süß zugleich war. Sie öffnete eine Tür am Ende des kleinen dunklen Flurs.

Entrez, sagte sie.

Michel ließ seinen Blick über die geblümte Tagesdecke gleiten, die mit einem Flickenteppich verhängte Nähmaschine, den Frisiertisch mit dem Spiegel. Allein die Vorstellung, Tür an Tür mit Madame zu schlafen, die womöglich in Brüsseler Spitze schlafwandelte oder in einem fast mürben Negligé plötzlich neben seinem Bett stehen könnte, ließ ihn seufzen.

Eine echte Singer, sagte Madame stolz, auf dieser Maschine habe ich damals Laken genäht, für das Geschäft meines Mannes, damit begann unser Wohlstand, mit einer echten Singer. Lingerie. Bettwäsche, die die Leute zum Ausbessern brachten, aber natürlich nur am Anfang. Es hat mich ganz nervös gemacht, dieses Ausbessern mit der Hand, mit den kleinen Nadeln, den Fädchen, die immer neu einzufädeln waren, genauso nervös wie die endlose Strickerei für die Kinder, Pullover, Höschen, Jäckchen, Mützchen. Damals gab es ja nicht so niedliche Sachen wie heutzutage.

Michel sah sie belustigt an.

Wie die Maschine gesurrt hat, rief sie, wie schnell alles ging! Aber das sind nur langweilige Erinnerungen einer alten Tante für Sie, n'est-ce pas?
Und entschlossen schob sie ihn aus dem Zimmer, durch den Flur zur Tür, hinaus in den noch immer hellen Abend.

Vielleicht will sie ungestört ihren Erinnerungen nachhängen, dachte Michel, als er den kleinen Platz vor seiner Tür fegte.

Wie ich, fügte er hinzu.
Wie ich.

39

Ich habe all meinen Mut zusammengenommen und Jules gefragt, weshalb seine Familie nach Frankreich gekommen ist. Schließlich war es vor dem Krieg. Meine Mutter, hat er gesagt, sie vertrug die Hitze nicht.
Und ohne Übergang erzählte er den Jungen von Gaspard de Besse, einem Räuberhauptmann, der in den Wäldern des Esterel Postkutschen überfiel. Vor langer, langer Zeit, sagte er.
Im achtzehnten Jahrhundert, Hélène, um für Sie genau zu sein.

Er schnitt ein Pan Bagnat in drei Teile und bot es uns auf einer Serviette an.
Er war nicht irgendein heruntergekommener Räuber, müßt ihr wissen, er war ein Gentleman, stets elegant gekleidet, ganz in Rot, so wie das Cap Roux, wie das Gestein des Esterel an manchen Stellen, und seine Jacke hatte keine Knöpfe wie eure Jacken, sondern Spangen aus Silber, und dicke Brillanten glitzerten auf seinen Schulterblättern. Nein, sagte Michel mit vollem Mund, das glaube ich nicht! Doch, doch, erwiderte Jules ernst, er hat große Schätze zusammengetragen. Er war der Anführer einer ganzen Bande, und er hatte einen großen scharfen Säbel, mit dem er jeden besiegen konnte.

Und wo ist er jetzt?

Wir mußten lachen. Leute kamen, die Eis wollten und Sandwichs. Ich erzähle es euch später, sagte Jules, aber die Kleinen zogen ihre Brauen zusammen und blieben an der Theke stehen. Ich kann sie dir gar nicht so lebendig wiedergeben, wie Jules sie den Kindern vorgespielt hat, diese Geschichte von den Banditen, die ihre Beute in einer Höhle des Mont Vinaigre versteckten und die den Gendarmen immer wieder entwischten. Ich konnte sie kaum noch weglocken von Jules. Ich mußte mit ihnen eine Räuberburg aus Sand am Wasser bauen und Muscheln als Schätze sammeln. Ich wurde gefangengenommen und mit Handtüchern an unseren Sonnenschirm gefesselt.

40

Wieder lag er auf dem warmen Sand, auf dem Rücken, die Arme weit von sich gestreckt; in jeder Hand hielt er einen Stein. Die Sonne brannte schon etwas, aber ein leichter Lufthauch strich über seinen entspannten Körper. Die Stimmen der Menschen, die sich Bälle zuwarfen, ins Wasser liefen, das Glöckchen am Eiswagen, der immer wieder vorübergeschoben wurde, alles verlor sich im gleichmäßigen Geräusch des Wellenschlags. Das Meer, das er all die Jahre gemieden hatte, schmeichelte seinem Ohr. Er fühlte sich wohl, getragen und losgelöst zugleich. Ein Papierschiffchen im dunkelblauen Wasser. Eine leichte Erregung durchlief ihn, und in schneller Folge sah er in seinem Inneren Bilder kommen und gehen. Das alte Foto seiner Mutter, das er immer bei sich trug, aber nie ansah, schwebte vorüber, es flatterte, als spielte es mit ihm. Er sah die feinen weichen Züge eines nicht mehr ganz jungen, lachenden Frauengesichts, in das helle Haarsträhnen wehten. Es zeigte sich und verschwand, als hätte jemand die Aufnahme mit einer Videokamera abgefahren, dabei rasch wechselnd von einzelnen Details, den langen Wimpern, einer Augenbraue, über die Wange hin zur gesamten Erscheinung, aus immer neuen Perspektiven, aus immer anderer Entfernung. Das Bild geriet in Bewegung, seine Mutter sah ihn an, sie sagte etwas, sie wandte sich ab, sie schüttelte den Kopf, sie lief auf ihn zu und wieder fort. Plötzlich kippte alles, und er sah Elisabeth. Elisabeth, wie sie nackt vor ihm lag, im schwachen gelblichen Schimmer einer Laterne, die von der Straße das Licht durchs Fenster auf sie warf. Elisabeth von hinten, ihr rotes Haar, zusammengebunden vom ewig blauen Tuch, in der Kneipe in seiner Straße. Er hatte vorm Fenster gestanden, außer Atem, und sie beobachtet. Sie war nicht allein, sie sprach mit einer brünett gelockten Frau und einem Mann, der beiden Wein einschenkte. Michels Hände umklammerten den Lenker seines Fahrrades. Eine Hitzewelle stieg in ihm auf: Wer war dieser Mann? Er holte tief Luft, schnaufte, sah sich die Ärmel hochkrempeln, mit der Faust winken, den Gegner zum Duell auffordern. Mit entschlossener Geste warf er die Zügel über den Hals seines Pferdes und betrat das Lokal. Im Saloon wurde es still. Die Männer blickten von ihren Biergläsern auf, eine Billardkugel, die soeben ihren Lauf zum Sieg begonnen hatte, knallte gegen die andere, die mit einem lauten Plopp in der Versenkung landete, und Joe ließ hinter der Theke das Glas, das er gerade auf seine gemächliche Art abtrocknete, fallen. Die Lampen, die tief über den Tischen hingen, schwangen leise knarrend hin und her. Alle Blicken wanderten von ihm zu Lizbeth, und von Lizbeth zurück zu ihm. Seine Hände lagen an der Hüfte, bereit, den Colt zu ziehen. Liz, die alte Schlange, trug ihr grünes Kleid, das Dekolleté und Schultern freiließ, und die Glasperlen an ihrem weißen Hals funkelten. Ihr Haar, das im künstlichen Licht fast karmesinrot leuchtete, hatte sie raffiniert hochgesteckt, nur einige Strähnen kringelten sich verführerisch um ihr geschminktes Gesicht. Als sie ihn sah, legte sie den Kopf ein wenig in den Nacken und kniff ihre dunkelgrauen Augen zusammen, als wollte sie –

41

In München kleidet er sich anders als in Berlin, dachte ich, als er in der Crêperie auftauchte, im weißen Polohemd und dunkler Leinenhose. Sehr lässig. Sehr gepflegt. Er studiert Architektur, seine Freundin ist auf der Filmhochschule, sie gehören dazu, und er legt Wert darauf, er weiß, was in ist und was out. Er macht mir schöne Augen und sagt: mein Engel, du, und meine Süße, aber er hat mich noch kein einziges Mal nach meiner Arbeit gefragt. Und nun saß er neben mir, natürlich war mir heiß, doch zugleich registrierte ich mit einiger Distanz, wie er mit Karla und Jan Konversation machte. Er machte tatsächlich Konversation! Etwas, das mir immer fremd war und wofür ich auch überhaupt kein Talent mitbringe. Sie redeten miteinander, meine alten Freunde und mein neuer Geliebter, als wäre es das Selbstverständlichste von der Welt. Wenn ich jetzt daran denke, sehe ich das Licht des Lokals, die lebhaften Gesichter um uns herum, ich sehe, wie Karla ihr Glas zwischen den Händen drehte, unermüdlich, und ich weiß, daß ich angetrunken war und einen Salat mit Gorgonzola und Nüssen aß. Das heißt, ich hatte ihn gierig in mich hineingestopft, bevor Michel auftauchte. In seiner Nähe konnte ich keinen Bissen hinunterbringen.

42

Einem wohltrainierten Mechanismus der Höflichkeit folgend, streckte er die schwitzende Hand aus. Ich bin ein Söhnchen. Aber dann ihr Gesicht. Ihre Nähe. Ihr Geruch.
Galopp, Galopp, rief sein müdes altes Herz.

43

Ich starrte auf die restlichen Salatblätter auf meinem Teller, die, mit Öl vollgesogen, langsam ihre Form verloren. Michel hielt unter dem Tisch meine Hand, er berührte mein Bein, und mein Körper brannte. Ich versank in der Betrachtung des weißen Porzellans und dachte an Paul. Paul hat mir das Fotografieren bei extrem geringem Licht beigebracht, das ich, wie gesagt, nie geliebt habe. Er erlebte einen regelrechten Kitzel, wenn er im dunklen Zuschauerraum saß, konzentriert auf das Bühnengeschehen, das er nicht kannte, das er ahnen, spüren, immer vorauswissen mußte, um die Kamera darauf einzustellen und sekundengenau auf den Auslöser zu drücken. Zehntelsekundengenau. Paul verpönte jene überdimensionalen Objektive, die sich wie Kanonenrohre auf die Welt richten. Wenn du es mit der Leica nicht hinkriegst, sagte er, kannst du es lassen. Ich selbst hatte mir bis dahin nur eine Nikon leisten können, und ich war glücklich, wenn wir in greller Sonne unterwegs waren, wenn ich den orangen Filter auf das Objektiv schrauben konnte, um die Kontraste zu vergrößern, um Auslassungen oder regelrechte fade aways zu gewinnen, die ich in der Dunkelkammer noch weiter manipulierte. Ich mag diese überstrahlten Bilder, auch im Kino, etwa in Godards »Außer Atem«. Um mich mit der Technik vertraut zu machen, schleppte ich Paul oft an die kleinen Strände der Berliner Seen, wo er mir in den glitzernden Reflexionen des Wassers und des Sandes alles erklären mußte, was er wußte. Ich las Bücher von Fotografen und probierte. Ich träumte von einem Auftrag im Nahen Osten; darauf arbeitete ich hin.

Neben Michel dachte ich nicht an diese komplizierten Dinge, sie fallen mir jetzt ein, ich dachte an die Geschichten, die Paul und ich uns erzählten, wenn wir bei einer Fotoprobe im Theater waren und uns in der Pause in der Kantine die Zeit vertrieben, um uns die kostümierten Schauspieler, die mit ihren geschminkten Gesichtern lachten und redeten und Kaffee tranken. Die normalen weißen Kaffeetassen wirkten winzig und künstlich vor der Kulisse ihrer Aufmachung.

Ich hatte mich die ganze Zeit nach Michel gesehnt, und jetzt, wo er neben mir saß, ich sein Bein an meinem spürte, seine Hüfte, seinen Arm, jetzt fühlte ich einen unerklärlichen, unbändigen Zorn.

Hart und fein eingemeißelt in mein Leben sah ich, daß das Leben ein riesiger Haufen Illusionen war und ich gezwungen, sie in Desillusionen zu verwandeln.
Um mich besser durchzuschlagen.
Tag für Tag.

44

Die Sonne blendete ihn, er mußte die Augen sofort wieder schließen. Benommen richtete er sich auf, ganz langsam ließ er das grün schimmernde Blau des Wassers in seine Augen hineinfließen. Er stand auf, taumelte einen kleinen Moment, sah schwarze und helle Flecken, doch dann lief er ins Meer, rasch, süchtig, und tauchte in das klare Wasser. Wenn mich jemand gesehen hätte, oder wenn Judith ihren Vortrag im Seminar verlassen hätte, um hinter mir herzuspionieren. Mein schlechtes Gewissen, sobald ich in die Nähe von Elisabeth kam, war ausgeschaltet. Ich saß neben ihr, als wäre es ganz selbstverständlich, als könnten ihre Freunde meine sein.

Er sah den Sand am Boden sich leicht kräuseln, er sah Steine und vereinzelt Muscheln. Er streckte sich, so lang er konnte. Er war glücklich, es war wie verhext. Er schwamm jetzt ganz dicht am Boden. Das Salz, das in seine Haut eindrang, der leichte Druck der Wellenbewegung, seine Handflächen, die sich leicht durch das Wasser bewegten, das langsame Ausatmen, das Kitzeln der kleinen Luftbläschen vor seinem Mund. Er wollte das Gesicht seiner Mutter finden und nicht Elisabeths lächelnde Augen. Er wollte frei sein von inneren Bildern und nur das Licht unter Wasser in sich aufnehmen, das die Farben auflöste.

Die Luft wurde knapp, rasch tauchte er wieder hoch an die Oberfläche. Etwas Hartes traf ihn am Kopf. Er drehte sich um. Ein Ball, aufs Wasser gefallen; er nahm ihn in die Hände, sah sich um. Eine Frau lachte ihn freundlich an, er warf ihr den Ball zu.

Sie hatte ein Tuch um ihr Haar gebunden, im Nacken war es verknotet.

45

Im Grunde bezweifle ich, daß Menschen ihr Leben von der Liebe bestimmen lassen.

46

Sainte-Maxime wirkt fast mondän, dachte er, als er mit dem Wagen langsam hineinfuhr. Die Passanten waren besser gekleidet als in Saint-Raphael, gepflegter, sorgfältiger frisiert. Der Blick auf den kleinen Privathafen ließ Vermutungen über das Vermögen der Feriengäste zu, deren Goldschmuck hin und wieder, von der Sonne getroffen, aufglänzte. Kleine Fähnchen flatterten an den Masten der Segelboote, ein vielfaches Knattern und Klappern. Michel stellte sein Auto auf dem Parkplatz ab und schlenderte, mit Brille und Brieftasche bewaffnet, über den Platz. Er blieb bei der kleinen Buchhandlung stehen, die bereits geschlossen hatte. Er betrachtete eingehend die Auslage, Romane, Kinderbücher, Kalender und Bildbände, bevor er sich den Restaurants näherte. An den wenigen Tischen, die besetzt waren, wurde leise geplaudert. Sonnenflecken flirrten über die weißen Flächen, verfingen sich in einer Wein- oder Wasserflasche, blitzten in einem Glas auf. Es roch appetitlich. Vor jedem

Restaurant stand eine Tafel mit dem plat du jour. Michel zögerte zwischen Salade Niçoise, gefolgt von Tagliatelle mit Pilzen, und einfachen Moules marinières.
Frische Muscheln mit Pommes frites und Mayonnaise.

Er sah sich um. Die Blätter der Platanen raschelten leise, Licht und Schatten verwoben alles zu einem impressionistischen Bild, und er spürte den Boden kaum, den seine Füße berührten. Michel, der Liebling der Frauen, mit diesem gewissen traurigen Schmelz in seinen dunklen Augen, elegant im hellen Sommeranzug – wen sehen wir heute an seiner Seite? Eine dieser geheimnisvollen kühlen Figuren, die in den zwanziger Jahren die Côte d'Azur bevölkerten, mit kurz geschnittenem, gewelltem Haar, am Kopf anliegend wie eine Kappe? Oder eine zarte Gestalt mit naivem Augenaufschlag unter dickgezogenem Lidstrich, wie man sie in den Fünfzigern oft sah?

Michel entschied sich für die Seetiere und die bessere Bestuhlung, aus hellgrünem Metall, ließ die weiße Plastikmöblierung links liegen und suchte sich einen Tisch.
Ein leichter Schwindel erfaßte ihn; er war lange nicht mehr allein in einem Lokal gewesen. Manchmal saß er in einem der Schwabinger Cafés, wartend, arbeitend, trank ein Mineralwasser, aß eine Quiche, ein Sandwich, eine Suppe. Aber das war etwas anderes; und fast immer kam jemand vorbei, den er kannte.

Er gefiel sich in der Rolle des Einzelgängers, der auch für sich allein zu genießen verstand.

Etwas zittrig vom Schwimmen, vom Hunger, der sich während des Wartens in ein nagendes, alles beherrschendes Gefühl gesteigert hatte, und vom ersten Glas Wein, machten die Muscheln Michel zu schaffen. Immer wieder rutschte er ab, wenn er mit der einen Muschel als Zange das Fleisch aus einer anderen herausholte. Manche saßen so fest, als hätte der Koch sie mit Sekundenkleber befestigt. Sie schmeckten köstlich, erforderten jedoch seine gesamte Aufmerksamkeit. Während er eines dieser widerspenstigen Meerestiere auf der Zunge spürte, kämpfte er mit dem nächsten. Dabei verlor er im Bemühen, möglichst lässig und elegant zu erscheinen, die Orientierung, was das Alter betraf: Er schwankte zwischen dem soignierten älteren Herrn, der die Welt gesehen hat und die Unterhaltung von intelligenten Frauen schätzt, dem Mann im besten Alter, der weiß, wie man sie ohne Anstrengung verführt, und dem jungen, frischen Energiebündel, dessen Lächeln unwiderstehlich ist. Die Serviette rutschte ihm zum wiederholten Male vom Schoß; erneut mußte er sich nach ihr bücken.
Zu faul, den Stuhl zurückzuschieben, suchte er mit den Händen unter dem Tisch. Sein Kopf landete neben der Schüssel mit den leeren, blauschwarz glänzenden Schalen, und gern hätte er ihn dort ruhen lassen. Doch das Wasserglas kippte bedrohlich, er sah die Fettspuren darauf näherkommen und konnte es gerade noch auffangen.

Spätestens bei seinem kleinen Café, den er, nachdem er die Hände im Zitronenwasser etwas gereinigt hatte, erleichtert und mit viel Zucker trank, streifte ihn der Blick einer attraktiven reiferen Frau. Unmißverständlich, fragend und mokant, machte ihm dieses Augenpaar, von stark getuschten Wimpern umgeben, klar, was er für die Frauen in Sainte-Maxime war: ein Junggeselle mehr, der nach der passenden Begleitung für den Abend suchte und den es einzuschätzen galt.
Ja, sie lächelten ihn an, die trainierten Damen zwischen fünfundvierzig und fünfzig, scheu und aufmunternd, über die Schulter eines zahlenden Herrn hinweg oder auch bei einer raffiniert unauffälligen Bewegung des Kopfes, wenn sie eine gelöste Strähne geschickt wieder in die hochgesteckte Frisur zurückschoben. Die jungen Frauen waren vorsichtiger, es schien ihm, als blitzten sie ihn nur ganz kurz an, taxierend, ob er ihnen neben einem weitaus strafferen Körper auch den gleichen Luxus wie ihre älteren Begleiter bieten könnte.
Es wäre ihm leichtgefallen, den Abend mit einer dieser Schönen zu verbringen und das Anliegen seiner Reise zu vergessen.

Wozu.

Er zahlte und schlenderte durch die aufgeheizten Sträßchen hinter der Häuserzeile, die nur aus Lokalen bestand. Er beobachtete amüsiert einen Fotografen, der eine Familie dazu überredete, sich ablichten zu lassen. Die Kinder, alle sehr klein,

sprangen lebhaft herum, ein jedes hielt eine Eiswaffel in der Hand, aus der es auf ihre T-Shirts tropfte, Schokolade, Vanille, Erdbeer. Sie lachten, während ihre Mutter mehr oder weniger ernsthaft mit einem Taschentuch herumfuchtelte. Sie sah schön aus, alle Frauen sahen schön aus, man mußte sie nur in einem Moment erwischen, in dem sie beschäftigt waren, sich nicht verunsichert fühlten vom Blick eines Mannes. Der Fotograf war jung, und ganz offensichtlich gelang es ihm, in Sekundenschnelle ihr Vertrauen zu gewinnen. Er bedeutete ihr, die Schultern ein wenig nach hinten zu drehen und das Gesicht zu ihm, und mitten in ihrer Bewegung drückte er auf den Auslöser.
Ein Lächeln, unbeschwert.

Das Licht war sicher schwierig zu fotografieren. Aber nein, es gibt ja Filter, er hatte sie sogar einmal damit arbeiten sehen. Ganz nebenbei hatte sie einen Aufsatz auf das Objektiv geschraubt und ihm etwas erklärt. Ich habe alles vergessen. Ich habe mich überhaupt nicht für ihre Arbeit interessiert. Ich fand sie aufregend, wenn sie die Kamera auf mich gerichtet hat. Von Lartigue hatte sie einen Fotoband, der Fotograf, der die Frauen liebte. Da hatten wir es. Der sie in Szene setzte, ganz intim, und in ein Licht, das natürlich anmutete und doch das Resultat genauester Überlegung war. So hatte Elisabeth es jedenfalls erklärt, so ungefähr.
Ich würde ihr eine Korallenkette kaufen, zu ihrem roten Haar und ihrer blassen Haut. Und ein grünes Tuch vielleicht. Und wenn sie ein wenig braun wäre,

einen von diesen weiß-blau gestreiften Matrosenpullis aus dünner Baumwolle.

I drank too much, dachte Michel, ich werde nachgiebig und durchlässig. Judith läßt sich nicht gern etwas schenken, sie betont stets ihre Unabhängigkeit. Er sah ihren schmalen Nacken vor sich, das kurze, blondierte Haar. Oder bin ich zu ungeschickt? Er spürte beide Frauen, als hätten sie sich bei ihm eingehakt. Aber dann hörte er ihre spitzen Zungen und spöttisches Gelächter.

Und plötzlich sieht er etwas Neues auf dem überbelichteten Film, er sieht seine Mutter, wie sie Patrick und ihn lachend unter die Dusche stellt ... wie sie uns auf das Bett mit der weichen Matratze wirft, wieder und wieder. Dabei johlt sie mit der Stimme eines Marktschreiers oder eines wilden Weibes unverständliche Silben, etwas wie nagasaki oder makalaki.
Ich sehe sie neben uns Jungen am Boden, wir spielen mit den Bauklötzchen, grün, blau, rot und gelb waren sie, sie hatte eine alte Waschmitteltonne mit einem Papier beklebt, auf dem rosanasige Clowns auf Metallautos akrobatische Kunststückchen übten. Das warme Nachmittagslicht liegt auf dem rotgemusterten Teppich. Sie näht etwas, einen Knopf vielleicht, eine aufgerissene Naht, einen Flicken auf ein zerrissenes Knie. Tränen laufen über ihr Gesicht, vielleicht schon länger, ganz still ist sie. Ich erschrecke, und sofort fällt mein Blick auf Patrick, der es nicht bemerkt.

Stumm schüttelt sie den Kopf. Legt einen Finger auf ihre vom Weinen intensiv geröteten Lippen.

Ich werde nie erfahren, was sie damals bewegt hat, dachte er, aus seinem trunkenen Tagtraum erwachend. Er ahnte, daß seine Mutter immer wieder solche Momente gehabt hatte, eine seltsam verzweifelte Abwesenheit.
Er fühlte sich elend.

Er glitt in eine ihm wohlvertraute innere Lähmung. Michel lief zu seinem Wagen; nicht hier, dachte er, nicht an diesem Ort. Ich habe mich treiben lassen. Er hörte Elisabeths Stimme, na, traurig fragte, und während er durch die Landschaft fuhr, die ihn keine zwei Stunden zuvor euphorisch hatte werden lassen, sah er sich jetzt wie vor einer dieser Kulissen, die in alten Filmen abgerollt wurden, um zu suggerieren, daß der Wagen sich bewegte. Die Gedanken überkreuzten sich in ihm, er konnte nicht benennen, was sie sagten, so schnell flogen sie mit äußerster Wucht ins Unleserliche, verloren ihre Konturen, wurden zu einem grauen beklemmenden Vorhang, der, noch während er sich bildete, verhärtete und zu Beton wurde. Grauer aufgefräster Beton.

Und dann war sie da, die unangenehme Leere, die er kannte.

Als wäre er für einige Momente betäubt – Momente, die sich zu Stunden, in den hartnäckigsten Fällen sogar zu Tagen ausdehnen konnten, Zeiten, in denen er nach außen hin funktionierte, als Resultat jahrelanger Gewohnheit, auch für sich selbst. Reduziert. Er starrte auf etwas in sich, als könne er durch Konzentration einen Sprung herbeiführen, der ihn aus diesem Zustand herausbrachte. Er wollte das Gefühl, das sich in die Lähmung hineinkauerte wie ein Tier in seinen Bau, an einen Ort verbannen, wo es keine Störung in seinen Tagesablauf bringen konnte, wo es saß, kontrollierbar. Haltung annehmen, sich beschäftigen. Michel hatte seine Strategien im Laufe der Zeit perfektioniert.

Als er eine neue Kurve nahm und sein Blick auf das weite Blau des Mittelmeeres fiel, die hohen Kiefern und den klaren, ganz hellen, fast durchsichtigen Himmel, tauchte das erste Bild seiner Mutter wieder in ihm auf, das lachende. Ein angenehmes Rieseln durchlief seinen Körper, und als könnte er es dadurch festhalten, wollte er dieses kleine zusammengekauerte Gefühl, wie auch immer es sein möge, er wollte es aus seiner dunklen Ecke zerren, es anschauen, ihm dieses blaue Meer mit den zarten weißen Schaumkronen zeigen, und er wollte es wie einen kleinen räudigen Hund in die Arme nehmen, den man als Kind auf der Straße findet und nach Hause schleppt.
Als wäre es ihm eingefallen als etwas, das er einmal gekannt und vergessen hatte.
Er wollte traurig sein.

Was heißt das schon, meine Geschichte.
Er hatte mit dem Fuß gegen einen Stein getreten, ich habe dir doch alles erzählt.
Und sie hatte nichts gesagt.

Er hatte alles erzählt, als sie an der Spree entlanggelaufen waren, in der Mitte der Stadt, ein leichter Nieselregen fiel, wie so oft hatte er sie erzählt, eine Version der Geschichte, die er jederzeit parat hatte, die er jedem, der danach fragte, präsentieren konnte, ohne irgend etwas zu berühren. Abziehbildchen, aneinandergereiht, mit denen er seine eigene Erfahrung entleerte. Formeln, die bei anderen Staunen und Mitleid hervorriefen, in ihm selbst jedoch ohne Widerhall waren. Der Motor meines inneren Kühlschrankes. Ich habe Angst, ihn abzustellen. Angst vor dem fauligen Geruch, der dann aufsteigt. Aber vielleicht ist es die Metapher, die falsch ist, die mich irreführt. Wohinein verstricke ich mich hier? Immerzu verliere ich mich in Selbstgespräche in ihrer Gegenwart, dabei ist sie alles andere als ein Phantom.
Sie ist warm, weich und –

Ich habe nicht mehr zu sagen, hatte er hervorgestoßen.
Bitte, bitte, ich habe nicht gefragt.
Ihr Gesicht ganz still.

Aber es wird uns trennen, hatte er gedacht, ich fühle es genau.
Ich kann dir nicht mehr sagen, korrigierte er sich,

mit einem kleinen Bitten in der Stimme, die er knapp an der Grenze zur Neutralität zu halten versuchte.

47

Meine liebe Freundin, am heutigen Tag ließ ich alle Vorsicht fahren, ich lief, sooft ich konnte, hinauf an seinen Kiosk, ich lief daran vorbei, ich machte halt, ich blieb kurz davor stehen, ich schlug ein Rad am Strand, so daß er es sehen konnte, kurz: Ich machte mich vollkommen lächerlich, und es war mir vollkommen egal. Als wir den Strand verließen, irgendwann mußte es ja geschehen, trat ich an die Theke. Jules beugte sich herüber, und wir küßten uns auf die Wangen, links, rechts, wie es hier üblich ist. Aber wie lange wir die Lippen auf den Wangen ließen, wie lange wir Wange an Wange standen, das weiß ich nicht mehr. Mein Herz rannte, und ich fühlte mich von ihm vollkommen umschlossen.

48

Vielleicht war es in Wirklichkeit das Erzählen von Geschichten: denn immer, wenn wir, Paul und ich, uns ins Erzählen gestürzt hatten, war unser Sex besonders gut. Manchmal fielen wir in der Dunkelkammer übereinander her, wenn Paul gerade einen entwickelten Film in den leise rauschenden Trockner gehängt hatte. Er kam von hinten, ich fühlte seine Hände unter meinem Kleid und sein Geschlecht, das sich an meinem Po rieb. Er flüsterte mir ins Ohr, stell' dir vor, wir sind in einem heißen Land, es ist Mittag, eine träge Stimmung liegt über allem. Wir sitzen auf einem Teppich im Hinterstübchen eines Geschäftes, der Händler ist losgegangen, um uns Tee zu holen. Ich mach's dir mit dem Mund, hauchte er, während er mein Höschen herunterzog, und plötzlich taucht der Mann wieder auf, er sieht uns zu, er ... Mit einem anderen Mann wäre es vielleicht peinlich gewesen, nicht aber mit Paul. *Hier ist kein Krieg, hier schlägt man keine Wunden ...*

Vielleicht habe ich damals in der Kneipe gar nicht an Paul gedacht. Vielleicht war ich so verliebt, daß ich den Gedanken an Paul wie einen Rettungsanker auswarf, der mich daran hindern sollte, bei Michel an Land zu gehen. Wenn dieses nautische Bild erlaubt ist.

49

Madame fegte an diesem Morgen durch den Garten, eine Vogelscheuche, den wehenden schwarzen Kimono über einem grell geblümten Badeanzug,

Lockenwickler im gefärbten Haar, dazwischen weiße Linien und Vierecke der gespannten Kopfhaut. Sie rupfte an Verblühtem, knipste Verdorrtes ab, zerrte den Gartenschlauch hinter sich her und ließ fast wütend Wasser auf die Pflanzen prasseln, als ärgerte sie sich über deren Durst. Die verknitterten Züge in ihrem Gesicht traten prägnanter hervor als sonst, das linke Auge, das sich ohnehin ein wenig nach außen richtete, als wollte es alles erfassen, was sich hinter Madames Rücken abspielte, schien mit jeder heftigen Bewegung, die sie machte, von seinem Platz zu rollen.

Sie war, so hatte sie ihm erzählt, früher einmal Friseuse in Paris gewesen. In der Avenue George V. hatte sie wohlhabenden Damen das Haar gewaschen, eingedreht und frisiert. Nach jeder Kundin, die sie, vermutlich mit einem freundlichen Lachen, an der Tür verabschiedet hatte, hatte sie mit einem Besen sorgfältig ihren Platz gesäubert. Wenn sie jetzt die Büsche stutzte und die herabgefallenen Blätter und Äste zusammenfegte, konnte man sie dort sehen, im hellen Salon, zwischen den blanken Spiegeln, Avenue George V. Niemals benutzte sie Gartenhandschuhe. Sie erledigte ihre Arbeit im Grünen in eleganten Sandalen mit hohen Absätzen und einer beeindruckenden Anmut.

Michel traute sich kaum, den Kopf aus der Tür zu stecken, um Madame den üblichen Morgengruß zuzurufen. Was für ein bewegtes Leben alte Damen führen, voller Launen und Stimmungswechsel.

Freundlich lächelnd an einem Tag, im engen weißen Rock, schmalen weiß-blauen T-Shirt, kokett kleine Scherze über das Wetter zwitschernd und über seine, Michels, Einsamkeit. Und am nächsten Tag in strengem Schwarz, kurz am Abend erst auf- und gleich wieder abtauchend, hinein in melancholische Chansons, die Michel notgedrungen mithören mußte, ebenso wie lange, laut geführte Telefongespräche, eingeleitet vom altmodischen Schrillen ihres Apparates.

Michel sah auf die Erdbeeren, die auf der weißen Plastikdecke leuchteten, während er in seinem Milchkaffee rührte. Er hatte seine eigene Mutter nicht altern sehen. Fast gegen seinen Willen neugierig, hatte er eines Abends auf den Ton in Madames Stimme gelauscht, als sie von ihrem Sohn erzählte. Er hatte ein französisches Feinkostgeschäft in einem Düsseldorfer Kaufhaus; sie zeigte einen Zeitungsartikel über ihn, der ihn im blendenden Weiß eines Kochs vor einer eisblauen Landschaft von offenen Gefriertruhen zeigte, in denen Fische, Hummer und anderes Getier auf Grünzeug dekorativ aufgebahrt lagen. Er hat im Juli Geburtstag, sagte sie mit ihrem wunderbaren Augenaufschlag, dann läßt er mich nach Paris kommen und führt mich ganz groß aus.

Nach Paris?

Anfangs hatte Michel noch geglaubt, es langweile ihn, wenn Madame von ihrer Tochter sprach, die ein unstetes Leben führte, als hätte sie die inneren Wandlungen ihrer Mutter in ein größeres, augenfälligeres Medium übersetzt. Doch mit der Zeit gefiel es ihm, wie Madame von ihr erzählte, und jeden Abend nahm er einen Aperitif mit Madame. Eine Tänzerin in ihrer Jugend, so sagte sie, und Michel sah sie vor sich, im rosa Tütü, auf Spitzen, im Corps de Ballet von Saint-Raphael, von Cannes, korrigierte Madame seine Gedanken, eine Tänzerin also, war sie mit zwanzig dem kuriosen Einfall gefolgt, einige Jahre als Lastwagenfahrerin ihr Geld zu verdienen. Dann hatte sie alle über lange Zeit sorgsam zusammengetragenen alten Möbel verkauft und war nach Guadeloupe geflogen. Madame erzählte immer schneller, Michel hatte Mühe zu folgen. Zwischendurch nippte sie an einem Kirschlikör, auf der Kante ihres schwarzen Ledersessels balancierend. Sie trinke keinen Wein, sie liebe Alkohol nicht, aber um höflich zu sein, nehme sie diesen klitzekleinen Aperitif mit ihm. Michel grinste. Vor drei Tagen noch hatte sie ihm ganz weltläufig im Nebensatz mitgeteilt, daß sie ihre Getränke – sie kippte kichernd ein imaginäres Gläschen – in Italien besorge, das schließlich nur hundert Kilometer weit entfernt sei. Zum Glück müsse man ja nicht mehr durch den Räuberwald!

Der Räuberwald? Michel blätterte in einem Reiseführer, den Madame ihm gegeben hatte. Das Esterel-Massiv, so las er, bestehe aus Vulkangestein, es weise außer dem markanten Rot auch andere Färbungen wie Graublau, Gelb oder Violett auf und sei im Laufe der Zeit durch Erosion abgetragen. Daher die starken Zerklüftungen, die sich bis ins Meer hineinziehen, das wiederum tief in das Gebirge eindringt. Die höchste Erhebung sei der Mont Vinaigre, an dem die Route Esterel vorbeiführt, lange der einzige Handelsweg von hier nach Italien, ein von Räubern unsicher gemachter Weg durch den Wald, auf dem man noch heute nach Mandelieu-la Napoule gelangen könne.

»Passer le pas de l'Esterel«, so hieß es weiter, »das Esterel passieren« sei eine stehende Wendung geworden, die besagt: eine gefährliche, unangenehme Reise machen.

50

Ich sollte ihn also entjungfern.
Ausgerechnet ich, Elisabeth, achtundzwanzig Jahre alt, feucht und heiß, feuchter noch und heißer als in unserer Liebesnacht im Mondschein, im nobel eingerichteten Wohnzimmer meiner Freundin Christina, die gerade ihr erstes Kind bekommen hatte und mit seligem Lächeln neben ihrem Mann schlief, nur wenige Meter von uns entfernt. Uns, die wie junge Hunde auf dem Boden herumtollten, rollten, küssend, beißend, leise lachend, vollkommen unbekümmert, leichter, viel leichter, als wir es mit siebzehn hätten sein können, im Mondlicht und im

Schimmer einer Straßenlaterne. Bis wir mit dem Lachen aufhörten und seufzten, stöhnten, leise, ganz still, und sich unsere Augen hinter den geschlossenen Lidern nach oben drehten. Niemals zuvor und niemals danach habe ich eine solche Nacht erlebt, natürlich, komm mit tausend Männern auf dem Rücken, immer werden wir einzig sein, Geliebte, ein solches gegenseitiges Sicherkunden und Abtasten mit allen zur Verfügung stehenden Zellen. Unsere Häute, Nasen, Zungen, unsere Körper strichen übereinander, untereinander, umeinander, hell glänzend und schön, im schwachen Licht fast phosphoreszierend, und sieh mich an und sieh hier und hier und hier.

Er drang nicht in mich ein, und ich kann mich nicht einmal mehr entsinnen, wie er kam, nur daß er kam und ich, und die ganze Nacht war ein einziges Komm.

Ich also, nach diesem Vorspiel, im Süden des Landes, auf der Durchreise, in einer kühlen Frühlingsnacht, nach diesem Hinterherwinken aus dem Fenster meiner stillenden verzückten Freundin:
ich sollte Michel entjungfern.

Ich, die ich es kaum erwarten konnte, ihn in mir zu spüren, auf ihm zu sitzen, wild und ungestüm, ich, die geschickte und erfahrene Liebhaber gewohnt war, die mir alles gezeigt hatten, alles mit mir ausprobiert hatten. Die mich im Sitzen, Stehen, Liegen, von hinten, von vorn, in den Hintern, in den Mund, mit dem Mund und ich weiß nicht wie, halb angezogen, ganz nackt, unter Tischen und neben Klostermauern gevögelt hatten, zwischen Paris, Rom, Berlin und Prag – ich sollte ihn einführen in das seltsamste der menschlichen Gebaren, die sogenannte Vereinigung von Mann und Frau.

Ich kann mich an seine Rückenfurche erinnern, an mein verdutztes: Was? Er wand sich, sah mich bittend an, ich zitterte vor angehaltener, aufgehaltener Lust, und ich war, dessen bin ich mir sicher, sehr grob, wie ich da vor ihm saß, nackt und schwitzend und pragmatisch mit dem Kondom in der Hand. Und deine Freundin? stammelte ich, die ich es die ganze Zeit vermieden hatte, diese Person zu erwähnen, ihr seid doch so viele Jahre zusammen?

Wir stehen, wiß es, auf verbotnem Grund ...

Er schüttelte den Kopf. Mir fiel nichts mehr ein. Ich war überrumpelt, und die Nacht in München, die mir noch in den Gliedern saß, erschien mir in einem gänzlich neuen Licht. Oh, wie ich mich heute schäme, wie ich mich verfluche, aber mein Talent, einen anderen in die Kunst der Liebe einzuführen, war (und ist es vermutlich noch) nicht gerade mein am besten entwickeltes. Nein, man sage nichts mehr gegen ungeduldige wilde Männer, die sich, wenn sie es kaum noch erwarten können, auf ihre Angebetete stürzen. Die nicht sanft und behutsam und zart jungen Mädchen den Weg zeigen. Man hebe viel mehr all jene von mir ungeheuer bewunderten männlichen Wesen in den Himmel, die sich zu bezähmen wissen.

Ich hätte heulen mögen vor Wut, als aber auch alles schieflief an diesem Abend, in dieser verfluchten zweiten Liebesnacht, als wir anfingen, mittendrin, in diesem Spiel, und ich meine längst überstrapazierte Beherrschung verlor und mein Verlangen, ja, sagen wir es ruhig: meine Gier nicht mehr bremsen konnte.
Nichts war da, worauf ich hätte bauen können.

51

Am siebten Tag seiner Reise wachte Michel abrupt aus einem Alptraum auf. Er hatte sich selbst darin gesehen mit einem kleinen Kind auf dem Arm. Sie standen vor einem großen alten Spiegel, doch als Michel hineinsah, konnte er sein Gesicht nicht erkennen. Es war wie ein ausradierter Fleck. Ein Entsetzen fuhr ihm in die Glieder, er wollte schreien, brachte keinen Ton heraus. Er schreckte hoch, schwitzend vor Anstrengung. Er sprang aus dem Bett und stürzte ins Freie.
Das friedliche Grün des Gartens, das Gezwitscher der Vögel: sie fielen ihn an, wie Hohn.

Jetzt habe ich Cannes gesehen, dachte er, Grasse und Antibes. Ich bin zwischen Saint-Aygulf und

Sainte-Maxime schwimmen gegangen, ich habe den Mann von Welt gemimt und in Nizza Jazzmusik in der Altstadt gehört, und ich bin bei Sonnenuntergang über die Promenade des Anglais flaniert. Ich habe mein Wort gehalten und eine Woche lang mit niemandem telefoniert. Ich bin zu keiner Entscheidung gekommen und habe keine Erkenntnis gewonnen. Außer der, daß ich ein Feigling bin, der nach Hause zu seiner Mami will und nicht weiß, wo seine Mami wohnt. Ich möchte von fremden alten Männern in den Arm genommen werden und mit ihnen ein Bier trinken. Ich möchte, daß mir einer von ihnen auf die Schulter schlägt und sagt: Da hast du wohl Mist gebaut, mein Junge.

Seltsam, Tante Magda und Onkel Klaus: Es ist, als hätte es sie nie gegeben. Als würde ich mich allein durchschlagen, seit ich mit fünf Jahren an diesem verdammten Strand stand und auf Mama und Papa gewartet habe.

Michel fuhr zum Bäcker, der gleich neben dem Café war, in dem er sonst frühstückte. Er kaufte Croissants und ein Baguette, holte beim Sparladen Butter, Marmelade, Kaffee und Saft, fuhr zurück zum Studio. In seinem Kopf hämmerte es. Als wolle etwas die Gehirnschale von innen sprengen. Als wäre kein Platz darin für das Grauen und mich.

Madame stand mit dem Gartenschlauch vor seiner Tür. Bon jour, Monsieur, ich dachte, Sie sind ausgeflogen.

Bleiben Sie nur, sagte er, es stört mich nicht.
Nein, nein, krächzte sie, ich mache erst den unteren Garten. Sie zog am Schlauch und tappte die Stufen hinunter. Sie sah schlank aus, von hinten, doch ihr leicht gebeugter Rücken und eine unübersehbare Steifheit in den Bewegungen verrieten ihr Alter.
Michel öffnete die Klappe des kleinen Gaskochers, er schraubte die Espressomaschine auf, füllte sie mit Wasser und Kaffee, hantierte mit den Streichhölzern und wartete.
Ich muß verrückt sein. Jahrelang habe ich ohne all das gelebt, was ist mir nur eingefallen. Als ob es irgend etwas ändern könnte in meinem Leben. Als ob ich mein Problem mit Judith auf diese Weise lösen könnte, als ob ich Elisabeth auf diesem Weg wiederfinden könnte. Als ob, als ob, ein häßlicher Refrain. Ich sollte Judith bitten hierherzukommen, oder nein, bloß nicht, ich sollte –

Der Kaffee schoß sprudelnd in den oberen Teil der Maschine, ein Geräusch, das er mochte. Er erhitzte die Milch in einem kleinen Topf und kippte sie in ein Kännchen. Er stellte zwei Becher auf ein altmodisches Holztablett, legte Zuckerstückchen dazu und setzte die Espressomaschine, das Kännchen, die Butter und die Croissants daneben. Er hätte heulen mögen, ununterbrochen. Als liefen die Tränen innen herunter, hinter der angespannten Gesichtshaut. Er balancierte alles hinaus, auf den Tisch vor dem Studio, und rief nach Madame. Er folgte ihr in den unteren Teil des Gartens, wo sie den Schlauch unter eine Hecke hielt. Den Rasen darf

man erst abends sprengen, sagte sie, sonst verbrennt er in der Sonne, aber wenn ich alles auf einmal machen muß, dauert es viel zu lange. Michel sah überrascht eine weitere Tür.
Was ist das hier? fragte er.
Oh, wußten Sie nicht, daß ich noch ein Studio zu vermieten habe?
O nein. Michel schüttelte den Kopf. Er kam sich plötzlich vollkommen lächerlich vor, mit seiner Idee, in die Ferienwohnung seiner Eltern zu reisen, sich auf einem viel zu weichen Bett obskuren Alpträumen auszusetzen – und dann zu entdecken, daß er vielleicht im falschen Appartement gelandet war. Er mußte lachen, Madame sah ihn verwundert an. Bitte, Michel legte seine Hand für einen winzigen Augenblick auf ihren gebräunten Unterarm, bitte trinken Sie einen kleinen Kaffee mit mir.
Aber nur einen klitzekleinen, mein Herz springt sonst zu hoch!
Sie sah ihn mit einem gekonnten Augenaufschlag an und führte ihre Hand flach zum Busen. Er lachte erneut. Warten Sie, ich stelle nur das Wasser ab. Sie wissen, es ist teuer.
Er rückte ihr den Stuhl zurecht und schenkte ihr ein. Wie charmant Sie sind, junger Mann, das ist selten heutzutage. Ja, dachte Michel, darauf fallen sie immer rein, nicht ahnend, was für ein ungehobelter Klotz ich im Inneren bin. Untreu, unehrlich, unentschlossen und ich weiß nicht was.
Ich habe tatsächlich noch nie mit einer alten Dame gefrühstückt.
Mögen Sie Zucker?

Gern.
Beide rührten in ihren Tassen, zerrupften ein Croissant und tunkten ihn in das warme duftende Getränk.
Was ist passiert, fragte Madame.
Was soll passiert sein?
Sie frühstücken zum erstenmal chez vous. Sie machen Kaffee für zwei, aber Sie haben keine junge Dame über Nacht mitgebracht. Statt dessen laden Sie eine alte Schachtel zum Kaffee ein. Verraten Sie es einer neugierigen Vermieterin: Haben Sie vielleicht Liebeskummer? Ich hatte noch niemals einen Gast wie Sie!
Michel nickte, blinzelte eine aufkommende Feuchtigkeit in den Augen fort, das wäre ja noch schöner, sprang auf.
Warten Sie.
Er holte drinnen aus seiner Jackentasche ein Foto und zeigte es ihr.
Meine Mutter, mein Vater, mein Bruder und ich.
Madame sah sich das Bild sehr genau an. Der Mode nach würde ich sagen, Anfang der sechziger Jahre.
Anfang der siebziger, bei uns ist die Mode immer etwas später als hier.
Sie lachte.
Ich liebe es, Frauen zum Lachen zu bringen, dachte er.
Madame sah ihn an. Und?
Wir waren hier.
In Saint-Raphael?
In Saint-Raphael. In Boulouris.
Wann?
1972 das letzte Mal.

Madame sah Michel an. Ihr Gesicht mit den vielen tiefen Falten wirkte sehr gefaßt. Sie konzentrierte sich offenbar, ihre Augen in dieselbe Richtung zu lenken. Sie waren dunkelbraun. Das eine saß ein wenig unterhalb des anderen, es blickte in einem anderen Winkel hinter der Brille hervor. Ein Gesicht, wie von Picasso erfunden, dachte Michel.
Erzählen Sie, bitte.
Sie ist ernst, und ich mache Witze.
Meine Eltern und ich haben hier unsere Ferien verbracht, hier bei Ihnen.
Er zeigte ihr die Aufnahme mit ihrem Haus.
Mais dites donc.
Wir waren zweimal hier. Beim erstenmal war ich vier, beim zweitenmal fünf Jahre alt. Und Patrick, mein kleiner Bruder, drei. Beim zweitenmal kam mein Vater etwas später nach.
Warten Sie.
Madame betrachtete noch einmal die erste Fotografie, das Familienbild. Ihre Maman, sie sprach sehr gut Französisch, nicht wahr? Sie hatte eine französische Großmutter, war es nicht so? Ich erinnere mich. Mon dieu –
Sie unterbrach sich, ihre Hand auf ihrem Mund.
Oben in Madames Wohnung klingelte das Telefon, lange und anhaltend.

52

Cher Jules, würde ich schreiben, revenir à vous: Ich habe gewußt, daß das unmöglich ist. Ich weiß nicht, was geschehen ist, aber Sie haben unsere Geschichte beendet, als Sie anfingen, mich zu duzen. Eine Sicherheitsbremse, die Sie gezogen haben, zu spät für mich, zu überraschend. Ich landete mit meiner gleichmäßigen Geschwindigkeit – in einer Sackgasse. Tant mieux, könnte man sagen, um so besser: eine klare Situation. Tant pis, sage ich, daß Sie Angst bekamen vor Ihrer eigenen Courage. Vielleicht war schon alles geschehen. Sie haben mich mit Ihren Augen angesprochen, Ihre Lippen haben mich gesehen. Unsere Häute haben sich berührt, wenn eine Limonade von Ihrer Hand in meine wanderte. Und einmal, als Sie mir ein Wechselgeld zurückgaben, spürten wir mehr als Haut. Die Wärme darunter erschreckte uns beide, die Münzen fielen über den Tresen, in den Sand. Michel sammelte sie geschwind ein. Vielleicht war es das. Der Träger meines weißen BH war aus dem ärmellosen Kleid hervorgerutscht, als ich, beladen mit dem aufgeblasenen Krokodil, dem Sonnenschirm, der Badetasche, ein Kind an jeder Hand über die Straße kam. Ich konnte sie nicht loslassen, und ich konnte den Träger nicht zurückschieben. Ich mußte in Ihren Blick hineinlaufen, von der hellen Straße in den Schatten vor Ihrem Kiosk, unmittelbar, den Sand und das Salz schon schmeckend, an diesem wolkenlosen Tag.

Bon jour, ravissante dame. Guten Tag, hinreißende Dame. Ich hoffe, es stört Sie nicht, daß ich so offen spreche, doch ich bin bezaubert von Ihrer Anmut, Klugheit, Kindlichkeit. Sie sind gefährlich wunderbar.

Ich wurde rot, in diesem Augenblick, das könnte ich keinem schreiben, dahin war meine Unbefangenheit, ich floh vor Deinen letzten Worten, den leise nachgeschickten, für mich allein, ein Ruf, dem zu folgen Phantasie bleiben wird.

53

Der Tag, an dem Michel zum erstenmal zu jenem so lange gemiedenen Strand ging, jenem Strand, der das eigentliche Ziel seiner Reise war, wenn man dieses geographisch, äußerlich, an einem Ort festmachen wollte, an jenem Tag blies der Mistral kalt über das Wasser, das sich kräuselte. Wenige dickwattige Wolken fegten über den Himmel, etwas Übermütiges lag in der Luft, und Kinder lachten im Wind, der ihre Wasserbälle über den Strand trieb. Es war ein Tag für Sonnenbrände, Wellenspringen, Eis am Stiel und andere Köstlichkeiten.

Michel zog den Löffel durch seinen Kaffee. Hin, her, die Entfernung von einem Tassenrand zum anderen ausmessend. Der Mann hinter der Theke bewegte sich langsam. Er stand mit dem Rücken zu Michel, leicht gebeugt, und bereitete belegte Brote zu. Seine muskulösen Beine steckten in kurzen grünen Hosen, er trug weiße Turnschuhe mit dicken Sohlen. Seine Arme, so kräftig wie seine Waden, ragten aus einem karierten Sommerhemd hervor. Sie waren angespannt, als wären die Salatblätter, mit denen er hantierte, zentnerschwer. Und doch hatte er nichts Schweres, es war nur, als müsse seine Körperkraft gebändigt werden, um eine so kleine Arbeit zu verrichten. Michel schlürfte das heiße süße Getränk und sah auf das Meer.

54

Mein lieber Jules, würde ich schreiben, ich habe versucht, Dich zu vergessen, doch jedesmal, wenn ich Dich sehe, durchläuft mich diese Wärme, und noch Stunden später bin ich bester Laune, packe alles an, mit einer Lust –

Gut, daß ich Dir nicht schreibe, es klingt alles so ungeschickt, ich bin keine Frau der Worte, und deshalb kommt mir das Leben so kitschig vor, sobald ich es mit meinen Wörtern streife. Ich laufe auf dich zu, ich versuche es zu vermeiden, weil es eine voie sans issue ist, ein Weg ohne Sinn. Ich muß immer lachen, wenn ich dieses Schild sehe. Wohin auch soll es führen, wenn ich Deine heiße kratzige Wange berühre? Das Vergnügen, sich zu kennen. Wie schlau Du bist. Man ist, was man ist, hast Du gesagt, als alles vorbei war, und du dachtest wohl, das tröstet mich? Ich liebe die Veränderung, deshalb fürchte ich sie, auch das ist ein alter Hut.

Dein Blick hat mich meinem Mann entfremdet, würde ich niemals schreiben, innerhalb von Sekunden; aber nein, mein Blick auf Dich war es, wir wollen ehrlich sein, als Du an unserem ersten Tag, dem Tag vor der Öffnung Deines Kiosks, die Theke mit grünem Lack gestrichen hast, voller Erwartung, konzentriert, fröhlich. Da sitze ich nun allein und hüte den Schlaf meiner Kinder, meiner Söhne, deren blonde und braune Wimpern lang und leicht auf dieser zarten Haut gleich unter den Augen liegen, ein Halbrund, hingehaucht. Sie gleichen ihrem Vater so sehr, es macht mich verrückt, sie anzusehen.

Ich betrachte die Erdbeeren auf dem Wachstuch. Es bedeckt den Tisch, an dem ich sitze und diese ganzen unsinnigen Briefe schreibe, und es riecht so unbeschreiblich, daß ich es niemals vergessen werde. Näh den Knopf an dein Kleid, Lene, lies deinen Roman, aber wohin mit diesem Verlangen, herumzutollen und heftige Bewegungen zu machen, bei denen nicht nur ein Knopf abspringt, sondern alle wegfliegen und ich splitterfaser – Ich bin heute nachmittag zur Abwechslung tatsächlich vor aller Augen auf den Händen gelaufen, richtig lange und sehr zur Freude von Michel und Patrick, dabei war es nicht einmal für euch, meine Kleinen, was bin ich nur für ein Ungetüm von einer Mutter! Vermutlich hält uns schon der ganze Strand für etwas unsortiert, wo ist denn der Vater der Kinder eigentlich? Stell Dir vor, wie taktlos, schon wieder so ein ehrenwerter Herr, was muß er sticheln? Ferien ohne Vater, das ist doch nichts. Danke, sage ich, danke schön, da wäre ich allein gar nicht draufgekommen.

55

Nein, ich verführte ihn nicht. Ich führte, ich schob, zog, drängte ihn, fühlte seine Antwort, hörte sein Ja, sein Nein, hörte gar nichts mehr, als ich ihn endlich in mir fühlte und zu wüten begann. Ja, ich wütete, und noch lieber wäre ich ein Kerl gewesen, der's einem sehr hungrigen Mädel mal ordentlich besorgt. Er hielt mich, aber dann hielt mich nichts mehr, und kurz bevor es gar kein Halten mehr gab oder gibt, da stieß er mich fort, zack, rollte sich fort, sprang fort, schrie fort, stolperte fort und stand da, mit seinem wunderschönen vollen Geschlecht, das leicht gebogen wie ein türkischer Degen war, ein abgedroschener Vergleich, aber sein Glied beschrieb tatsächlich eine aparte Kurve, eine Mondsichel – – – Orpheus und Eurydike hätten einpacken können in diesem Moment der Trennung, in der unsere Liebe vielleicht am stärksten war, am lautesten in unseren Halsschlagadern pochte, genau in dieser Bewegung, diesem seinen Fort, das ein Da war, diesem halt mich, ich kann nicht, nimm mich, laß mich und meinem nun komm doch endlich, das in seiner wüsten Entschlossenheit vielleicht gewirkt haben mag wie ein: geh weg.

Was weiß man schon, was weiß ich schon. Ich weiß gar nichts, die Menschen sind so kompliziert. Da stand er, in seinem rosafarbenen T-Shirt, das er anzog, auszog, mir überzog. Seine Tränen, in denen meine Augen verschwammen, in denen seine verschwammen, die ihm über das Gesicht liefen, in den Grübchen haltmachten, die ich küßte, wischte, streichelte. Ich hielt seinen Kopf fest, seine Erschütterung, die von einem langsamen Beben überging in ein heftiges Zittern, ein Sichschütteln, das zu halten mir am nächsten Tag einen Muskelkater einbrachte. Schließlich klang es ab, dieses Beben, und ich wiegte ihn, ein Liedchen summend. Ich liebte ihn, und ich wußte, daß es das Ende war.

Dreimal drehte er sich um, bevor er ging, dreimal lief er durch den langen Flur meiner Wohnung von der Tür zurück zu meinem Bett, von dem aus ich ihm im rosa Hemd nachsah.

56

Der Himmel war bewölkt. Immer näher schien er heranzurücken, als Michel an den Strand kam. Der Mann am Kiosk hatte ein Radio eingeschaltet; Michel nickte ihm zu, in einen lauten Schwall arabischer Musik hinein. Sie kommen schwimmen, Monsieur? Er lachte. Sie hätten gestern baden sollen, gestern war ein strahlender Tag, ein bißchen frisch, aber köstlich. Es wird bald losgehen, sehen Sie, da hinten: Wenn es dort so dunkel ist wie jetzt, kommt der Regen innerhalb einer halben Stunde, das können Sie mir glauben. Zucker? Michel nahm seinen Kaffee und sah hinaus aufs Meer, das seltsam still war. Als hätte der Alte seine Gedanken gelesen, sprach er über das Wetter. Vor einem solchen Regen ist es ganz windstill, haben Sie das bemerkt? Die Familien mit den kleinen Kindern, die jeden Tag hierherkommen, sind heute zu Hause geblieben. Sehen Sie, und er neigte den Kopf hin zum Strand, nur die Alten, die sind immer da. Sie schwimmen ihre Runde, schwätzen miteinander, lösen ein Kreuzworträtsel und gehen wieder. Eine besondere Generation: ohne Sport keinen Genuß, kein Mittagessen, kein Schläfchen, kein – aber ich langweile Sie bestimmt. Sie haben heute so gute Laune, sagte Michel. Etwas an dem Alten begann ihn zu interessieren, der Tonfall vielleicht, die hellen lebhaften Augen, die Tatsache, daß er arabische Musik hörte, er hätte es nicht sagen können. Der Alte lachte. Richtig, Monsieur, ich freue mich: Der Regen ist schlecht fürs Geschäft, aber was soll's, der ganze heiße Sommer liegt noch vor mir, aber die Tage, an denen ich den Laden mittags schließen kann, sind selten. Was machen Sie dann? Na, was wohl? Ich gehe schwimmen! Ich mache es wie die anderen Alten, er lachte wieder, übermütig fast, ich schwimme tüchtig, dann gehe ich zu meinem Freund Charles, in sein Bistro am Hafen, und genehmige mir ein ganz besonderes kleines Essen! Und danach machen Sie ein Schläfchen? Michel sah ihn an und versuchte sein Alter zu schätzen. Danach, sagte er, danach setze ich mich zu Hause in einen Korbsessel und lese ein gutes Buch. Ganz langsam, Seite um Seite, bis in den Nachmittag hinein, bis zum Abend, wenn ich will, es gibt keinen, der mich stört.

Michel nahm den letzten Schluck Kaffee. Plötzlich wollte er es so machen wie der andere, der Ältere. Eine vollkommen unbekannte, unwiderstehliche Lust zu schwimmen war über ihn gekommen, es war, als hätte sein ganzer Körper nur auf diesen Moment gewartet, ins Meer zu laufen, ohne Zögern hineinzugleiten und zu schwimmen. Die Arme durch das Wasser zu ziehen, mit den Beinen die richtigen Bewegungen auszuführen, dieses kleine, kräftige Rudern, das an das Paddeln von Entenfüßen erinnerte, ein Vergleich, den er absurd fand. Kraulen. Schwimmen. Nichts anderes.

Wie heißen Sie? Michel sah in die hellblauen Augen des anderen.

Jules, sagte er. Wie in Jules und Jim. Kennen Sie den?

Klar, sagte Michel, mit Jeanne Moreau. Er schob seine Münzen über die Theke. Auf morgen, Jules. Auf morgen –

57

Ich muß zur Besinnung kommen, wohin soll das nur führen? Soll ich Eisverkäuferin werden, neben ihm stehen und zusehen, wie er zu braungebrannten Ferienfrauen freundlich ist? Soll ich eine kleine Wohnung mit ihm bewohnen, in der wir abends sitzen und uns Gedichte vorlesen? Soll ich ihm Essen kochen und die Hemden waschen?

Ich bin aus der Übung. Ich bin eine verheiratete Frau, seit sieben Jahren. Ich kenne den Geruch meines Mannes und das Begehren in der Nacht, wenn wir beide gleichzeitig aufwachen, mein Po in seinen Schoß geschoben, wenn wir uns hin und her bewegen, langsam, schneller, bis wir uns einander zuwenden und Liebe machen. Ich kenne seine Hand, die mir vor dem Einschlafen über den Nacken streicht. Ich weiß unsere Gespräche.

Ich weiß, daß Lukas mich liebt.

Ich weiß nicht, ob ich schön bin für einen anderen. Ich weiß nicht, ob ich das kann, einen anderen Mann anzufassen, einzuschätzen, ihm zu vertrauen.

Ich betrachte mich im Spiegel; das Bild ist mir zu vertraut, um mir vorzustellen, wie es auf einen Fremden wirken kann.
Ich fühle mich unsicher, schüchtern.
Ich war jahrelang abgeschottet gegen diese Art von Fragen.
Sie überfallen mich.
Und dann dieses bedenkenlose Glücksgefühl, dieser gefährliche Gedanke, meine Existenz könne aufgehoben sein im Verlangen eines anderen.

Die Sehnsucht danach.

58

Ich bin zu weit geschwommen, dachte er, aber es ist herrlich. Michel war auf dem Weg zum Strand zurück, als der Regen einsetzte. Er sah die Leute am Strand, gestochen scharf, schärfer als sonst, wenn die Sonne auf dem Wasser Reflexe warf und die Sicht erschwerte. Sie waren alle in Bewegung, packten ihre Taschen, rollten ihre Matten zusammen, vollkommen gelassen, obwohl ein fernes Donnergrollen zu hören war. Michel zog das Tempo an. Bei Gewitter sollte man nicht im Wasser sein, weshalb hatte Jules ihn nicht darauf aufmerksam gemacht? Er kann ja nicht ahnen, daß ich zum erstenmal im Meer schwimme, zum erstenmal jedenfalls – Michel verschluckte sich. Verdammt, er hatte es tatsächlich vergessen. Nur nicht panisch werden jetzt, ruhig weiterschwimmen, es war Zeit genug.

Der Strand war fast leer, niemand würde –
Aber nein, es gab eine Wache. Er sah den Mann in weißen Hosen und weißem Hemd, wie er die Unwetterfahne hochzog. Für erfahrene Schwimmer heißt es wohl oder vielleicht schwimmen verboten. Ob Jules jetzt schwimmen geht? Was mache ich mir überhaupt Gedanken über ihn, diesen alten Mann, der seinen kleinen Kiosk macht. Was für eine Badehose er wohl trägt? Ob er einfach hineingeht? Oder spritzt er sich, wie ich es bei anderen alten Männern gesehen habe, mit einer unnachahmlichen Geste Wasser auf die Brust, sie herausstreckend, stolz, la gloire de la patrie?

Was für ein Unsinn, dachte Michel, aber er hielt sich an seinen Fragen fest, sie lenkten ihn ab, hielten den Film noch ein wenig zurück, den er, dieses Mal bei geöffneten Augen, gleich sehen würde.
Wovon er wohl im Winter lebt? Es wird wohl kaum reichen, bei den Preisen hier – obwohl, als Tourist weiß man nie. Wie meine Eltern sich das überhaupt leisten konnten, ich muß ihn einmal fragen, wie das früher war, was für Leute da kamen, ich meine, wer es sich leisten konnte, es ist ja schon frappierend, daß manche Pariser Künstler den ganzen Sommer hier verbrachten, monatelang, Picasso, Eluard, Renoir, wie sie alle hießen.

59

Ach, liebster Lukas, niemals habe ich dich betrogen, niemals habe ich auch nur daran gedacht. Seit du mir den Kaffeebecher in der Mensa hingehalten hast, seit du mir am selben Tag noch einmal in der Adalbertstraße über den Weg gelaufen bist, seit ich deine Stimme zum erstenmal gehört und die Lachfältchen um deine Augen gesehen habe, hat mir überhaupt kein anderer Mann gefallen. Dabei gab es freundliche und gescheite Kommilitonen, es gab charmante Professoren und lustige Zufallsbekanntschaften – ich freute mich, plauderte mit ihnen, aber das war's. Und jetzt so etwas. Ich bin verliebt. Ich bin so verliebt, daß ich einen ganzen Tag lang unglücklich war, bloß weil ich ihn nicht sah. Je näher wir nach Saint-Raphael kamen, desto unruhiger wurde ich. Der Regen hörte auf, die Sonne zeigte sich noch einmal, bevor sie sich anschickte unterzugehen, und ich wachte aus meiner Traurigkeit auf, um über diesen sonderbaren Einklang mit der Natur zu lachen. Ich fing an zu singen, und meine Jungs bettelten, doch einmal Karussell fahren zu dürfen. Wir hielten in Saint-Raphael am Hafen, kauften Zuckerwatte, kletterten auf eines dieser schrecklich grinsenden, bunt lackierten Holzpferde, die, auf- und abschwingend, uns im Kreise herumtrugen. So war es in Wirklichkeit, und heute morgen rannten wir, kaum aus den Betten gefallen, zum Strand hinunter und aßen unser Frühstück bei

Jules, heißen Kaffee und Saft und ganz frische, noch etwas warme süße Beignets. Ich hätte ihn vor aller Welt küssen mögen, und ich weiß, daß er es wußte. Seine Hand nutzte jede Gelegenheit, meine zu berühren, sekundenlang, und als ich später im warmen Sand lag, fühlte ich noch immer seine Haut. Sie wuchs von meinen Händen über meinen ganzen Körper, sie breitete eine Wärme aus, die anders war als die der Sonne, beweglich, beunruhigend und beruhigend zugleich. Ich überließ mich seinen Händen, die nicht da waren, ich rollte mich in ihnen ein wie eine neugeborene winzige Katze, die gleich zu Beginn ihres Lebens schnurrt, weil man sie hält. Ich fühlte, wie unsere Körper miteinander sprachen, über all die Meter hinweg, die zwischen uns lagen, all die Menschen, die sich zwischen uns sonnten, herumgingen, mit ihren Kindern spielten und in den Himmel sahen. Ich fühlte Jules' Lippen über meine Brüste wandern, über meinen Bauch, ich sah seinen kahlen Kopf zwischen meinen Beinen, ich fühlte deutlich seine Zunge langsam, unerträglich langsam mein Inneres erkunden.

Ich verdrehte die Augen, bis alles vor mir weiß wurde und schwarz und rot, und ich umschlang ihn mit meinen Beinen, ich kannte seine Hüfte auswendig, ihren Rhythmus, ihr Drängen, ich wußte bis dahin nicht, daß ein Mann sich so anfühlen kann. Ich dachte nichts anderes mehr, und ich hätte meine Kinder angeschrien und fortgejagt, hätten sie mich in meinen Träumen unter der Sonne gestört. Ich wäre Amok gelaufen wie ein Mensch, dem man sein Liebstes erschießt.

Glücklicherweise spielten Patrick und Michel mit zwei anderen Kindern, einige Meter von mir entfernt, bei einer anderen Familie, geschützt vor dem Wahnsinn ihrer liebeskranken Mutter.

60

Michel kam erschöpft am Strand an. Er legte sich auf den Sand, der inzwischen feucht geworden war, aber nach dem frischen Wasser fast warm schien, atmete: mein Vater, meine Mutter, mein Vater, meine Mutter. Ich muß ihn fragen, seit wie vielen Jahren er diesen Kiosk hat, vielleicht hat er – aber nein, bei diesen Unmengen von Menschen, das kann nicht sein, wieso sollte er sich an das junge Paar erinnern, mit den zwei kleinen Jungen, sie halb seine Landsmännin, bestimmt hat sie mit ihm gesprochen, und –

Plötzlich fuhr Michel hoch.
Er sah zum Kiosk, die Läden waren geschlossen. Es war niemand zu sehen, die letzten Besucher des Vormittags kletterten in ihre am Straßenrand abgestellten Autos. Der Regen fiel in Sturzbächen vom Himmel.

61

Oh, liebste nicht existierende Freundin, hilf mir! Ich will die Wände hinauf und hinab; ich lausche schon auf eine Vespa, die vor Madames Gartentor hält. Ich höre, daß jemand den Motor abstellt, ich höre das Quietschen des Törchens, ich höre Schritte auf dem Kies –

Ich habe so etwas niemals erlebt, nicht mit dir, Lukas, und mit keinem anderen. Ich werde es dir niemals sagen können, ich werde es niemandem sagen können. Und das bringt mich am meisten von allem um.

62

Er hat sie gekannt.
Wenn er damals schon hier war.

Schließlich ist nicht in jedem Sommer ein junges schönes Paar aus Deutschland ertrunken und hat zwei kleine Jungen zurückgelassen. Zwei kleine Jungen, die sich an den Händen hielten, die französische Kinderlieder sangen und ohne Akzent ihr glace aux fraises bestellen konnten.

63

Die Erdbeeren leuchten so irrsinnig auf der Tischdecke. Je länger ich sie betrachte, desto weniger sehen sie wie Früchte aus. Die kleinen Pünktchen auf ihrer Haut, hundertmal von einem Schwamm abgerieben, nach hundert Mahlzeiten, hundert Krümeln Brot, hundert Tröpfchen Wasser oder Wein, sie sind unregelmäßig geworden, wie mein Herzschlag neuerdings. Die grünen Ranken winden sich, schlängeln sich, verhaken sich, wie meine Gefühle und Gedanken. Du merkst schon an diesen Sätzen, liebe Freundin, daß ich reichlich durcheinander bin. Oh, lieber Lukas, warum bist du nicht hier? Der Plastikgeruch erinnert mich an die kleine Wohnung meiner Kinderfrau, aber nur von ferne, denn wenn ich an den Geruch ihrer Tischdecke denke, erscheint er mir um so vieles geheimnisvoller, sonderbarer als der einer einfachen Decke. Genauso wie der Geschmack des Grießbreis, den sie für mich kochte und über den ich Himbeersirup goß, ganz langsam und vorsichtig. Denn so war ich, liebe Freundin, das könnte ich schreiben, ein bedachtes Kind, immer ein bißchen langsam, immer damit beschäftigt, die Vielfältigkeit der Welt aufzunehmen, die Farben und Formen, die Gerüche und Laute. Immerzu gab es etwas, das mich faszinierte oder beunruhigte. Mir war niemals langweilig, obwohl ich ein Einzelkind war und meine Eltern selten Zeit hatten für mich. Egal, wo ich saß, stand, lief, immerzu gab es so viel zu sehen, zu riechen, zu spüren. Außerdem hatte ich ja Großvater, und jetzt weiß ich auch, wohin mich meine Gedanken an diesem Abend führen, diese abgewischten Erdbeerpflanzen, die im Halbdunkel in Bewegung zu geraten scheinen. Wie lange ist es her, daß er starb, ich kann mich nicht einmal mehr an die Jahreszahl erinnern, wie entsetzlich! Ich konnte mir nie solche Zahlen merken, warum nur, im Studium brauchte ich immer kleine Spickzettel, um in all den Jahren und Jahrhunderten und Zahlen nicht die Orientierung zu verlieren. Obwohl, für die Jahrhunderte hatte ich ein Gespür, natürlich, und je mehr Kunstwerke ich einzuordnen hatte, desto leichter fiel es mir auch in zeitlicher Hinsicht. Aber wenn ich in einer Prüfung nach genaueren Daten gefragt wurde, o weh, dann mußte ich mich gewissermaßen von hinten anschleichen, über die Beschreibung des Bildes, des Stils, den Gebrauch der Farben, der Motive, der Instrumente, die benutzt worden waren, die Qualität der Pinsel, die Form der Spatel. Sie sollten Restauratorin werden, sagte mir einer der Professoren, immer wieder sagte er es, wenn ich ihm in den Gängen über den Weg lief oder durch Zufall eine der letzten war, die den Hörsaal verließen. Sie haben ein so unerhörtes Gespür für das Material, wirklich, das Stoffliche ist Ihre Sache, haben Sie nie daran gedacht? Hätte nicht viel gefehlt, und er hätte mich aufgefordert, ihm meine Hände zu zeigen, wie es die alten Mütterchen manchmal tun, ganz hinterhältig greifen sie das Händchen eines Mädchens, als wollten sie es tätscheln, und schwupp, halten sie es ans Licht, kneifen die Augen zusammen und untersuchen, ob die Fingernägel schmutzig sind. Trauerränder, Kindchen, Trauerränder nennt man das, keine Zier für eine kleine Dame! Pah, als ob die kleinen Mädchen allesamt kleine Damen werden wollten!

Ravissante dame, nein, lieber Jules, ich bin alles andere als eine Dame. Meine Hände sind so schmuddelig wie meine Gedanken kraus, an solchen Tagen, Abenden, Nächten. Ich sollte nicht allein sein, es bringt mich nur auf Abwege. Und immerzu verliere ich den Faden, wie die Fädchen der Bohnen, die man abzieht und fortwirft, die Fädchen an den Bohnen, nein, Schoten, in Großvaters Garten. Nie konnte ich es erwarten, dieses Spiel zu spielen, dabei konnte ich gar nicht so viele der knackigen hellgrünen Erbsen essen, wie ich aus den Schotenhälften herausgepult hatte. Die guten ins Töpfchen, die schlechten ins Kröpfchen, oder so ähnlich. Dieses Gefühl, mit dem Zeigefinger an der Innenhaut der Schote entlangzufahren und dabei die Erbsen einzeln abzulösen, es hatte so etwas Kitzeliges, wie soll ich dir das erklären, es klingt so falsch, aber genau das trifft es: kitzelig. Wie das Gefühl auf der Haut, wenn man die haarigen Blätter der Zitronenmelisse – oder heißt es Zitronenminze, Himmel, meine Vergeßlichkeit erstreckt sich jetzt schon auf Botanisches, aber was soll's, wenn man also diese feinen, duftenden Blättchen über den Handrücken streifte, ja, streichelte. Bevor man sie zerknüllte und rieb und sie ganz dicht an die

Nase hielt, bis zum Niesen, bis zum Lachen, bis zum ich weiß nicht was. Bis zum je ne sais quoi. Mamie ist noch viel früher gestorben, ich war noch so klein, Mamie hat immer gelacht, wenn sie ihre Enkelin im Gras hocken sah, neben der Minze, plötzlich niesend, lachend. Ich schreckte hoch von ihrem Lachen, und dann lachten wir beide, wir lachten und lachten, bis wir schnaubten und prusteten und Großvater aus seinem Schuppen oder von einem seiner Rosenbeete angelaufen kam: qu'est-ce qui se passe, rief er, was geschieht, und Mamie und ich konnten nicht mehr vor Vergnügen, denn Großvaters Aussprache war so knochig wie sein Gesicht und wie sein ganzer Körper. Qu'est-ce qui se passe, schrien Mamie und ich, qu'est-ce qui se passe, johlten wir.

Mamie. Wie alt mag sie damals gewesen sein? Sie kam mir immer so jung vor, viel jünger als meine Mutter, die immer so ernst war, in ihren Gedanken immer ich weiß nicht wo. Mamie, kleines Großmütterchen, ich weiß nicht einmal, woran du gestorben bist. Seltsam, daß man in unserer Familie niemals darüber gesprochen hat. Alt kann sie nicht gewesen sein, aber ich bin zu müde heute, das alles auszurechnen. Wozu auch, wozu.

Ich vermisse dich, Mamie. Ich vermisse dich, Großvater, deine rosaroten Dahlien, deine weißen Astern, deine staksigen Knie, auf denen ich saß, während Mamie »trompe la dans l'huile« sang.

Ich sollte nicht so viel trinken, wenn ich allein bin, ich werde so sentimental, ich verirre mich ja regelrecht, ach, Lukas, du Idiot, wie konntest du mich mit den Jungen allein losschicken? Wieso nur habe ich mich darauf eingelassen?
Der Wein schmeckt gut, ganz weich ist er, und je länger der Abend, desto besser – Lenia, Lenia, noch ein kleines Schlückchen zum Abschluß, nur ein klitzekleines, so, in dieses nette kleine Glas, und dann schnell in die Federn! Wie groß der Mond heute ist –

64

Man greift in Liebesdingen so leicht auf sprachliche Klischees zurück; ich weiß noch, daß ich mich, kurz nachdem wir uns das erstemal gesehen hatten, fühlte »wie am ersten Ferientag, wenn man den ersten kleinen Schritt in den großen weiten Ozean macht«. Doch als Michel mir seine Geschichte erzählte, da wurden alle Wassermetaphern zu Eisschollen in meinen Adern.
Tod durch Ertrinken.
Armer verliebter Leander, du Bühnenwasserleiche (etwas Widersinnigeres gibt es kaum), von Plastikalgen überzogen, bleich.

Mein Vater ist ihr hinterhergeschwommen, hatte er gesagt.

Mein Vater war Architekt.

Oh, oh.

65

Vielleicht war es gut so, dachte Michel, daß sie meine Eltern nie gefunden haben. Daß Patrick und ich sie nicht gesehen, sondern sie für immer in ihrer unversehrten Schönheit in Erinnerung behalten konnten.
Mit Schaudern fiel ihm die eindrucksvollste Wasserleiche wieder ein, die ihm – wenn auch nur auf dem Fernsehbildschirm – jemals zu Gesicht gekommen war: Laura Palmer in Twin Peaks. Ihr bläulich blasses Mädchengesicht auf dem von Würgemalen gezeichneten Hals hatte damals einen heftigen Brechreiz bei ihm ausgelöst.

66

Was hatte ich, die ich so oft eine neue Flugbahn wählte für mein Leben, einem solchen Jungen schon zu bieten?

67

Der Bruder aber hatte aufgegeben.
Sie hatten einander keinen Halt bieten können, weil die Hände, die sich hielten, stets dieselben sein würden, die sich hielten, als die beiden Kleinen ins Licht hinein, hinaus aufs Meer starrten, wartend, eine Pose, die sie im Inneren nie aufgegeben hatten, die ihnen jedoch in der gegenseitigen Berührung allzu scharf ins Bewußtsein gebracht wurde.

68

Was hatte ich mit einem Waisen zu tun, dessen gesamte Familie im Wasser verschwunden war?
Mit zehn Jahren war Patrick, sein kleiner Bruder, in ein Becken ohne Wasser gesprungen. Ein Kopfsprung in ein Wasser, das nicht da war. Nicht zu glauben; doch Michels Stimme hatte sich gesträubt, schwarzes Katzenfell, irisierend.

Im Haar ein Nest von jungen Wasserratten …

Als er aus meinem Leben verschwand, wurde die Suche nach Bildern und Geschichten über das Wasser zur Obsession –

Doch was hatte mein Leben mit solchen Damen wie Undine und Ophelia zu tun? Um Michel loswerden zu können, so schien es, mußte ich mich ihm angleichen –

69

Michel reparierte die Stehlampe, die einen Wackelkontakt hatte. Er hatte Kabel und Fassung ausgetauscht und schraubte einen neuen Lampenschirm fest. Eine Überraschung für Madame, dachte er. Er bediente mehrmals den Schalter und freute sich. Er räumte den Schraubenzieher und die kleine Zange in das Büfett, öffnete eine Flasche Côte-du-Rhône und trank ein Glas davon in einem Zug aus. O Liz, dachte er, nach dem anstrengenden Tag in der Koppel ist es doch immer wieder eine feine Sache, nach Hause zu kommen, verstaubt, verdreckt, verdurstet. Der Geruch der Spiegeleier mit Speck steigt mir in die Nase, und dein Jasminduft, wenn du mir den Emaillebecher mit dem heißen Kaffee reichst. Du nimmst mir den Hut ab und lächelst, während ich dir von dem störrischen Kälbchen berichte, das wir –

Ich spinne kein bißchen, Little Joe. Wart's nur ab. Komm, setz' dich mal zu mir, ich will dir ein paar Fotos von Mutter zeigen. Du warst noch zu klein, damals, aber inzwischen –

Jahrelang hatte er sich geweigert, Fotos anzusehen, als wolle er sein eigenes, inneres Bild von ihr finden, eine authentische Erinnerung, und nicht die Verschlossenheit eines vergilbten Fotoalbums. Doch jetzt suchte er Details. Aufschlußreiche Kleinigkeiten.

Ihr Haar im Sommer, die Kette am Hals. Der Ausdruck ihrer Augen, neben dem Vater, der später nachkam. Ihre Haltung.
Er stand auf und sah sich das Bett an, in dem sie manchmal neben Patrick und ihm geschlafen hatte. Es schien unmöglich, so schmal. Oder sie konnten höchstens zwei, drei Jahre alt gewesen sein. Ihr Geruch so nah.

70

Wie abgerissene Wiesenblumen / Ein dunkles Wasser mit sich reißt, / so glitten mir die jungen Tage, / Und ich hab' nie gewußt, daß das schon / Leben heißt.

71

Ihr Mann, er läßt Sie einfach so gehen?
Natürlich mußte ich ihr diese Frage stellen. Sie trug einen langen Zopf, der ihr vom Nacken seitlich über die Schulter fiel. Sie hatte Sommersprossen.

Ich habe sie angesehen, der weiße Träger ihres BH war wieder einmal über ihren Arm gerutscht, ich sah es, sie sah es, und ich wußte, sie weiß: Ich würde dich nie und nimmer so lange allein lassen. Aber wer weiß, ich bin ein alter Mann, die Erinnerung verändert alles, und nur, weil ich immer andere Worte dafür suche, verhindere ich, daß ich vergesse, was mich am Leben hält und hindert. Jeder Satz, den wir gewechselt, jeder Blick, den wir getauscht, eine jede ihrer Bewegungen habe ich mir am Abend aufgesagt wie die Gedichte, die wir zur Strafe in der Schule auswendig lernen mußten, eine Strafe, die zu bekommen ich jedes Risiko einging, das mir einfiel, bis ich sie alle kannte, par cœur, wie es bei uns heißt, vom Herzen, auswendig, im Schlaf, im Suff, en amour. Und dann, als sie fort war, ma ravissante dame, habe ich wie ein Analphabet, verliebt in die Buchstaben, deren Sinn er sich allmählich, unter großer Anstrengung, zu erschließen sucht, alle Gesten, Worte, Blicke wieder und wieder zusammengefügt. Was gibt es zu verstehen, wenn ein Mensch nicht mehr da ist?

Michel sah den Mann an. Sie war nicht fort, hätte er am liebsten gesagt, sie – doch die Augen des Alten, starr auf das Meer, den Horizont gerichtet, machten ihn stumm. Er ist hier geblieben, dachte Michel, er ist all die Jahre nicht von dieser Stelle gewichen. Er hat, viel länger als ich, hier gewartet. Hat auf das Meer gesehen, wie all die Tage, an denen er sie beobachtet hatte, wenn sie hinausschwamm, die Jungen in der Obhut einer Nachbarfamilie. Sie wollte sicher sein, wenn sie sich diesen einen Moment für sich allein nahm. Jules behielt die Kinder im Auge, während er ein Eis verkaufte, einen der süßen Zöpfe zerteilte, einem Urlauber die Dose mit den Zuckerstückchen hinschob, und er wurde unruhig, wenn er in den hinteren Teil des Kiosks mußte, um die Espressomaschine zu bedienen.

Und vor allem: Er hörte nicht auf, ihr nachzusehen, sie mit seinen Blicken zu halten.

Die Sonne, seither gemieden, blendete unsere Sicht, dachte Michel. Vergebens hatten die Jungen das Wasser mit den Augen abgesucht, wieder und wieder.

Drohender Sonnenbrand.

Alors, vous êtes revenu. Natürlich erinnerte sich die alte Dame an das junge Paar mit den zwei kleinen Jungen. Er, ein gutaussehender, stets freundlicher Mann, sie ganz blond, mit der französischen Großmutter.

Bien sur, ich erinnere mich. Ich bin hier seit vierzig Jahren, junger Mann. Damals hatte meine Tochter das Studio gerade erst eingerichtet, die Kinder waren ausgezogen, wir brauchten die Räume nicht mehr. Tagsüber fuhr sie Fisch nach Toulon, und abends –

Der Mann, der Jules hieß, sah Michel unvermittelt an. An dem Tag, als es passierte, war ich nicht hier. Ein Freund hatte einen Unfall; ich besuchte ihn im Krankenhaus. Ich öffnete den Kiosk erst am Nachmittag. Ich erwartete sie später, wie immer, nach der Mittagspause, in der sie mit den Kindern nach Hause ging. Sie kam nicht. Ich machte mir keine Gedanken, sie unternahm hin und wieder Ausflüge. Sie sprach vorher nie davon, ich glaube, es fiel ihr ganz plötzlich ein. Und außerdem war ja ihr Ehemann gekommen, und warum sollten sie nicht gemeinsam nach Antibes oder vielleicht sogar nach Avignon fahren. Einmal hatte sie gesagt, daß sie gern nach Avignon fahren würde, wenn ihr Mann da wäre. Vielleicht hatten sie auch genug von diesem Strand, jetzt, wo – Dann kam ein Kunde, der wie sie seit mehreren Wochen da war. Er sah mich fragend an, bestellte seinen Kaffee und war seltsam wortkarg, als ich mit ihm die übliche Plauderei beginnen wollte. Dann fing er an zu erzählen.

Michel wurde schwarz vor Augen. Er griff mit beiden Händen nach der Theke. Einen Moment lang hielt er sich an den Augen des Eisverkäufers fest, die so blau waren wie das Wasser, in dem sie verschwunden war, seine Mutter, Hélène. Er raste durch einen Tunnel, an dessen Ende verschwommene Gesichter auftauchten, wirre Stimmen, die auf ihn und Patrick einreden. Ein fremder Hals, an den seine Nase gedrückt wird, gleißendes Licht, unvertraute Hände, die ihm die Badehose ausziehen, ihm rasch und vorsichtig Hemd und Hose überstreifen, die Sandalen schließen, die Handtücher, Sandförmchen, Eimer zusammenpacken, als gelte es zu fliehen. Erwachsene, die ratlos und entschlossen zugleich sind, die ihn und Patrick zu Madame bringen.

Ich war nicht da, hörst du, ich habe nicht aufgepaßt. Michel fühlte, daß ihm jemand aufhalf, ihn festhielt. Er roch etwas Scharfes. Er wollte die Augen geschlossen halten, doch das überhelle Licht hinter seinen Lidern zwang ihn, sie zu öffnen. Jules hielt ihm einen Brandy unter die Nase. Trink, Junge, nimm einen Schluck. So machen das die Männer, dachte Michel, so machen sie es in jedem Western. Er trank. Er lehnte sich an den Alten, fühlte seinen Atem, seinen Herzschlag. Für einen Augenblick lang waren sie eingemeißelt in den Schatten des Kiosks, ihren ungläubigen Blick auf das Meer, aus dem der helle Kopf nicht mehr auftauchte.

Michel hatte keine Erinnerung mehr daran, wie er zu Madames Haus zurückgelangt war. Die Nacht war längst hereingebrochen, als er schwitzend erwachte. Alles, was er sah, waren Jules' Augen, sie standen im Halbdunkel des Zimmers, im kaum erkennbaren Muster der Tapete, in den hin- und herschwingenden Blättern der Palme vor dem Fenster, und sie waren da, wenn er die Lider schloß, gewaltsam, als wolle er mit ihrem Druck alles Erkennbare ausmerzen. Doch sofort wurde das Flimmern zum Sonnenlicht jenes Nachmittags, als seine Mutter ertrank.

Er hat gewartet, dachte er, genau wie ich.
Ich muß ihm sagen, daß er aufhören soll.
Er soll aufhören, sie kommt nicht wieder, sie ist tot!

Michel schlug auf das Bett ein, er erstickte die Laute, die, fremd und rauh, seine eigenen sein mußten.

Michel hatte nie wieder die Ferien am Meer verbracht. Der Anblick von Wasser löste diesen Impuls in ihm aus, nach etwas Ausschau halten zu müssen, das niemals kam.

Michel, viens. Die Stimme seiner Mutter.

Steine ins Wasser werfen. Der entscheidende Augenblick – er schwimmt hinaus. An derselben Stelle. Er verbietet sich zu denken, was er denkt, wogegen er sich wehrt – daß sie es wollten, sie haben es doch wissen müssen, wie schnell man hinausgetragen wird, und die beiden kleinen Kinder dort am Strand allein, jemanden gebeten aufzupassen.
Die Liebe zwischen den beiden: ein Geheimnis.

Unversehens wird er mitgerissen, die See zerrt an ihm, wegen seiner kurzen Träumerei, er gerät in ein Trudeln, merkt, wie weit er vom Ufer abgekommen, wie schwer es ist, er sieht das Ufer, das Licht wird gleißend, er sieht die kleinen Jungen erst spielend, dann ängstlich, der Vater war so aufgeregt, als er der Mutter hinterherschwamm, als er sie dort zurückließ, das machten sie doch sonst nicht, einer blieb immer, und dann das Warten, die Leute, die nervös wurden. Irgend jemand mußte doch hinterhergeschwommen sein, aber es gab kein Motorboot, es war kein bewachter Strand, damals –

und er ist wie gelähmt, wie er es damals war, als seine Eltern nicht zurückkamen; obwohl es Jahre dauerte, bis er es wirklich begriff, hatte er es gewußt, in dieser einen Sekunde. Sein Bruder hatte den Kampf aufgegeben; er, Michel, hatte weitergelebt, und mit einemmal verstand er, weshalb – er sah, wie er sie seit Jahren nicht gesehen hatte – die lachenden Augen seiner Mutter, auf die er zulief, die ihre Arme ausbreitet, in die er fliegt, er riecht ihre Haut, das Salz darauf, das Meer, er sieht ihre Hände, wie sie ihm etwas zeichnen, und wie sie vor ihm kniet, um ihm beim Anziehen zu helfen. Er sieht die Augenbraue seines Vaters, die er so lustig heben und senken konnte, und er spürt seine Arme um ihn herum das Lenkrad des kleinen Fahrrades fassen, kurz vor dem Moment, als er zum erstenmal allein fahren konnte.

All das hatte in ihm gewohnt, all die Jahre.

Michel geriet in einen Wirbel, die Bilder, die Gerüche, sogar die Stimmen seiner Eltern waren da, sie riefen ihn, und er wollte zu ihnen, er überließ sich dem Wirbel.

Hell schimmert der Körper des jungen Mannes im Wasser, kleine Luftblasen steigen auf aus seinem Mund, Arme und Beine finden aus einer unkoordinierten Bewegung die konzentrierte Körperbeherrschung eines Turners, der kurz vor dem kompliziertesten Teil seiner Kür eine winzige Sekunde innehält, alles Ablenkende aus seinen Gedanken ausschließend. Dem es gelingt, alle störenden Sinneswahrnehmungen auszublenden, der sich anspannt im Wissen, daß es auf diesen einzigen kleinen Moment ankommt.

Jetzt.

Wie schön er ist, der helle Mann, mit seinen gestreckten Fußspitzen, dem Muskelspiel der Beine, des Rückens und der Gelenkigkeit seiner Hüfte. Wie leicht er sich dem Wasser anverwandelt, fremd darin und doch angenommen.
Hell schimmert der Körper des jungen Mannes im Wasser, kleine Luftblasen steigen auf aus seinem Mund –

Und er erinnerte sich: Wenn man unter einer Welle hindurchschwimmt, kann man dem Sog entgehen. Man mußte nur ein Stück Richtung Ufer tauchen, möglichst tief und zügig. Michel zog seine Arme durch das Wasser. Erst als er keine Luft mehr hatte, tauchte er auf. Er holte Atem, stieß noch einmal tiefer hinab und schwamm. Er registrierte die Kraft seiner Arme, seiner Muskulatur. Unter ihm wogten hellgrüne Algen hin und her, leicht und beweglich ihre einzelnen Fäden, immer in einer großen gemeinsamen Bewegung und zugleich voller Abweichungen. Winzige Fischschwärme stoben auf; der Sand veränderte minimal seine Zeichnung um die weißen Steine herum.

Blau und grün ist es, das Meer, und leicht und sanft schwimmt er hindurch wie seine Zunge in einer Frühlingsnacht durch den Mund seiner Geliebten, durch ihre Haut hindurch, in ihren Schoß und bis in ihr Herz hinein.

Am Strand, als er wieder ruhig atmen konnte, ging er zur Telefonzelle. Obwohl er Elisabeths Nummer seit Jahren nicht gewählt hatte, wußte er sie. Er erkannte ihre Stimme, sie nannte einen fremden Namen. Im Hintergrund hörte er ein kleines Kind quietschen und plappern. Ella, sagte Michel, ich bin hier, am Meer. Ich habe sie gefunden. Michel atmete in den Apparat. Er hörte das leise Rauschen in der Leitung, ein Knistern.

Tränen liefen aus seinen Augen.

Du hast es geschafft.
Ihre Stimme, noch immer so weich und jung.

Merci.

Michel flüsterte.

Bitte sprich mit mir.

Dicht an seinem Ohr sang sie ein altes Lied, und am Ende wandelte sie die Zeile ab, nur für ihn.

72

Wenn deine Mutter starb, wer kann da helfen? ... wein um die Gute, rauf dein braunes Haar, / allein dann kehre zu den Freuden wieder ...

73

Ich dich auch, sagte Michel.
Aber er wußte nicht, ob sie ihn noch hörte.

Er wußte nicht, ob er das ganze Gespräch vielleicht geträumt hatte. Aber an wen hätte er sich wenden können, in diesem Augenblick?

Und so hört er Papa etwas erzählen, offenbar etwas Lustiges, und er hört Mama lachen. Und er hält es nicht mehr aus, klettert aus dem großen Bett, öffnet die Tür. Draußen wird es still. Michel? Mama hat Fledermausohren. Sie kommt herein, husch ins Bett, va faire dodo, Michel, es ist spät. Eine Mücke hat mich gestochen, der Kleine heult los, denn er will ihr Haar ganz nah, will ihre nach Sonne duftende Haut und ihre weiche warme Stimme. Zeig mal, wo, fragt sie, und Michel sucht irgendeine Stelle an seinem Bein. Mama durchschaut ihn. Wir machen da ein bißchen Zauberspucke drauf, dann wird es gehen. Michel jault auf, ich will Salbe. Was ist denn? Papa ist ungeduldig, er will mit Mama allein sein. Eine Mücke, sagt sie, und trägt Michel zurück ins Zimmer. Bleib noch ein bißchen bei mir, wispert der kleine Mann in ihr Ohr.

74

Nun liegt Michels Brief in meiner Hand.
Gedanken, bunt und wirr, durchkreuzen meinen Sinn …

75

Michel verbrachte einen letzten Tag in Saint-Raphael. Nach den Stürmen der Nacht hatte der Mistral alle Wolken vom Himmel gefegt. Das Wasser war stahlblau und kalt; Michel schwamm in raschen Zügen zu den gelben Bojen hinaus. Er setzte sich auf das Seil, das sie miteinander verband, schaukelte hin und her, freudig an die bevorstehende Reise denkend. Seine Erwärmung verlor sich rasch, schnell durchquerte er einige eisige Strömungen auf dem Rückweg zum Ufer. Er lachte, als er aus dem Wasser stieg, rieb seine gebräunte Haut ab, ließ sich ein letztes Mal in den Sand fallen und lag lange mit geschlossenen Augen da.

Am Abend saß er, bis es dunkel wurde, auf der Schwelle der Studiotür. Er beobachtete die winzigen Ameisen auf den Steinen, die in der Dämmerung langsam ihr Grau, ihr Rosa, ihr Grün steigerten, um es dann, ganz leicht und plötzlich, abzugeben. Der Wind strich durch sein Haar und die großen Wedel der Palmen, die Vögel auf dem Nachbargrundstück randalierten. Die Klematis hatten ihre Blüten fest geschlossen, und die Weinranken schwitzten mit jenem knirschenden und tropfenden Geräusch, das ihn zu Anfang irritiert hatte.

Michel sah das Grün der Hecke, der Efeuranken, der Pinie, er sah die Stühle um den Tisch herum stehen, einladend und verlassen zugleich. Etwas in ihm hatte sich verändert. War in Bewegung gekommen. Wie eine schlecht verheilte Wunde, die man aufreißen muß, damit sie richtig heilen kann, betrachtete er jetzt all jene Erinnerungen, die er so lange fortgeschoben und vermißt hatte. Seine Kindheit, versiegelt, scheinbar abrupt in eine andere, befremdende Bahn geschleudert, öffnete sich ihm neu.

Davor also hatte ich Angst, dachte er. Ich wußte nicht, daß es befreiend sein könnte.

Ein blinder Fleck, der in ihm wohnte, sicher abgeschlossen, störend, nahm langsam eine Form an. Was man erkennen kann, beruhigt, dachte er. Er lachte leise.

Alles hatte seine Farbe verloren. Umrisse blieben stehen. Es war jener Moment des Übergangs, kurz bevor alles ins Dunkel getaucht wurde.

76

Immer wieder zog sie in einem unbeobachteten Moment den Brief aus ihrer Schürzentasche, um daran zu riechen und fragend die vertraute Handschrift anzusehen, so hätte es wohl in einem alten Roman geheißen. Tatsächlich, seit drei Tagen sehe ich die krakelige Handschrift an, die ich sofort erkannt habe. Seit drei Tagen denke ich an alles, was verloren, unmöglich, vergangen ist, weggewaschen wie das Kreidebild auf der Straße, das ein paar Kinder, als die Sonne noch schien, hingebungsvoll auf den Asphalt gemalt haben. Die Kinder lachen nur, wenn das Wasser die Farben aufweicht, wenn es die Konturen auflöst und sie schließlich ineinander verlaufen läßt. Sie haben recht, und ich habe mich immer dagegen gesträubt, daß die Liebe etwas anderes ist als dieser Moment hier und jetzt, zwischen dir und mir. Zu viel Erinnerung versperrt den Weg ins Leben, dieser Verdacht hat sich mir in den letzten drei Tagen bestätigt, seit ich nichts anderes tue, als mich an Michel zu erinnern, meinen Mann und mein Kind vernachlässige.

Da lehnt er, weich, mit matt gesenkten Gliedern./ Ein Junge, schön, wenngleich nicht groß, und braun ...

Aber wenn du gar keinen Sinn hast für diese Einbrüche der Melancholie und wenn du dich niemals fragst, ob alles, hier und jetzt, in Ordnung ist oder ob es vielleicht eine ganz andere Geschichte zu leben gäbe – dann kannst du die Kamera an den erstbesten verkaufen und dir beim nächsten grauen Haar einen Strick nehmen. Ich spüre die Versuchung solcher Augenblicke, ich habe das Gefühl, ich kann für nichts garantieren. Es ist, als wäre der Faden, der mich mit meinem eigenen Leben verbindet, brüchig, jederzeit zu zerreißen, als könnte ich aufstehen, fortgehen, ohne Gepäck.

Vielleicht ist deshalb nichts geworden aus Michel und mir, weil er plötzlich mit seinem Koffer dastand. Bildlich gesprochen. Zuerst hörte ich gar nichts mehr von ihm, nach jener seltsamen Liebesnacht, dann kamen seine Anrufe. Ich hörte ihn atmen, dann legte er auf. Und dann kam diese Stimme, bettelnd, gehetzt, eine Stimme, die, während sie »ich kann nicht« sagte, ein einziges »willst du mich« wurde. Ein so vollkommenes »willst du mich«, daß ich zurückwich. Um mich abzulenken, sagte ich mir, jetzt ist er auf den Geschmack gekommen, jetzt will er es doch wissen, aber das kann er ja mit seiner Freundin üben oder irgendeiner anderen Dame. Aber solche Witze halfen mir auch nicht mehr. Ich kann dir für nichts garantieren, sagte ich zu ihm. Schrieb ich einen Abschiedsbrief, grausam, unter Tränen? Um ihn zu prüfen, zu halten oder –

Seltsam: All die Jahre hatte ich es mir so zurechtgelegt, daß er es war, der sich gegen mich und für seine Freundin entschieden hatte.
Und plötzlich frage ich mich, ob nicht ich es war, die Unverbindliche, die Flüchtige, die nur im Klicken ihres Auslösers einen Halt findet, die sich selbst nicht vertraut.
Ich sehe seine Grübchen, seine stets leicht gebräunte Haut, es ist, als müßte ich nur die Hand ausstrecken, um sein festes gelocktes Haar zu berühren –

Vielleicht ist es auch ganz anders.
Vielleicht hat er doch einfach die andere mehr geliebt als mich.

Vielleicht war ich stolz und habe deshalb Schluß gemacht, habe mich grob und endgültig losgerissen.

Das Herz ist ein schwaches Tierchen.

Und vielleicht bin ich nur eine sentimentale Kuh mit vier grauen Haaren und das Leben nur eine verschlungene Geschichte, die sich jeden Tag und jedes Jahr neu erzählen und sich in keinem Klick von keiner Leica festhalten läßt.

Jetzt werde ich jedenfalls diesen verdammten Brief öffnen.

77

Michel spürte ein seltsames Knacken in seinem Brustkorb. Als fiele ein Druck ab, den er, solange er da war, als selbstverständlich empfunden hatte. Jetzt, wo diese Einengung wich, als öffnete er ein Korsett, das ihm zur zweiten Haut geworden war, schien die Luft, die er atmete, ihn anders zu erfüllen, leichter und tiefer, ohne jede Anstrengung. Ihm wurde warm, und bei jedem Ausatmen strömte eine stille Traurigkeit aus seinem Inneren in den Abend. Sie bewegte sich langsam und unbeholfen wie eine Tänzerin, die nach langer Krankheit ihre ersten Schritte macht, vorsichtig und leicht verkrampft.

Sie balancierte sehr bedacht, hob die Arme und versuchte behutsam eine Figur.

Er fühlte sie bis in seine Zehenspitzen. Er saß auf der Stufe des Studios. Sein Körper schien mit den warmen atmenden Steinen eins zu werden.

Er sah keine Bilder, er dachte keine Worte.

Erst spät am Abend löste er sich aus seiner äußeren Reglosigkeit, als er aus Madames Wohnung einen Tango hörte. Zu seiner Überraschung vernahm er auch ihr Lachen und die dunkle Stimme eines Mannes.

Michel suchte den Mond am Himmel.
Er fand ihn nicht, vielleicht war er schon weitergewandert.

Er entdeckte den Abendstern, auch Venus genannt.

Es war Zeit, schlafen zu gehen.

Binnie Kirshenbaum im dtv

»Wer etwas vom Seiltanz über einem Vulkan lesen will, also von den Erfahrungen einer kühnen Frau mit dem männlichen Chaos, dem sei Binnie Kirshenbaum nachdrücklich empfohlen.«
Werner Fuld in der ›Woche‹

Ich liebe dich nicht und andere wahre Abenteuer
Übers. v. Christine Groß
ISBN 3-423-**11888**-1
Zehn ziemlich komische Geschichten über zehn unmögliche Frauen.

Kurzer Abriß meiner Karriere als Ehebrecherin
Roman
Übers. v. Barbara Ostrop
ISBN 3-423-**12705**-8
Eine junge New Yorkerin, verheiratet, linkshändig, hat drei außereheliche Affären nebeneinander. »Am Ende fragt sich der Leser amüsiert: Gibt es eine elegantere Sportart als den Seitensprung?« (Franziska Wolffheim in ›Brigitte‹)

Mermaid Avenue
Roman
Übers. v. Barbara Ostrop
ISBN 3-423-**12787**-2
Ich, meine Freundin und all diese Männer ... Mona und Edie lernen sich im College kennen und stellen sofort Seelenverwandtschaft fest.

Als hielte ich den Atem an
Roman
Übers. v. Barbara Ostrop
ISBN 3-423-**12979**-4
Lila ist Lyrikerin. Über Sex weiß sie alles, nur die Liebe war ihr bislang noch fremd.

Keinen Penny für nichts
Übers. v. Patricia Reimann
ISBN 3-423-**24128**-4
Verrückte Geschichten von verletzlichen Frauen.

Entscheidungen in einem Fall von Liebe
Übers. v. Patricia Reimann
ISBN 3-423-**24347**-3
Eine jüdische New Yorkerin kommt nach München und verliebt sich in einen deutschen Professor. Ist Liebe die Antwort auf heikle Fragen nach der Vergangenheit?

Kleine Philosophie der Passionen
Flohmärkte
Übers. v. Lutz-W. Wolff
ISBN 3-423-**20610**-1

John von Düffel im dtv

»John von Düffels Art zu schreiben ist von meisterhafter Eleganz und berückender Aufrichtigkeit. Er führt keine Geschichten vor, sondern er begibt sich hinein, mit sowohl sprachlicher als auch psychologischer Genauigkeit.«
Undine Materni in der ›Sächsischen Zeitung‹

Vom Wasser
Roman
ISBN 3-423-**12799**-6

Die Geschichte einer Papierfabrikantendynastie, erzählt von einem, der wie magisch angezogen immer wieder zum Wasser zurückkehrt. »Von Düffel ist mit diesem Roman ein großer Wurf gelungen.« (Hubert Spiegel in der ›FAZ‹)

Zeit des Verschwindens
Roman
ISBN 3-423-**12939**-5

Es gibt über jeden Menschen einen Satz, der ihn zerstört. Niemand darf ihn aussprechen ... »Ein atmosphärisch dichter Roman, ein spannendes Buch, das es schafft, ohne Wertung in die Abgründe einer Seele zu sehen.« (Lydia Hebbelmann im ›Hamburger Abendblatt‹)

Ego
Roman
ISBN 3-423-**13111**-X

Ein Turbo-Egoist im Fitness- und Karrierewahn: eine irrwitzige Psychostudie. Rasant, komisch, scharfsinnig. »›Ego‹ gehört zum seltenen Genre einer rundum gelungenen Gesellschafts-Komödie. Der Roman dürfte Ähnliches zu sagen haben wie Michel Houellebecq; nur sagt er es amüsanter.« (Stephan Maus in der ›Frankfurter Rundschau‹)

Schwimmen
ISBN 3-423-**13205**-1

Das Schwimmen: eine Passion. Immer wieder verbinden sich im Wasser Sehnsucht und Angst, Schönheit, Gefahr und Triumph.

Markus Werner im dtv

»Eines der eigenwilligsten Erzähltalente der deutschsprachigen Gegenwartsliteratur.«
Der Spiegel

Zündels Abgang
Roman
ISBN 3-423-10917-3
Das Ehepaar Zündel hat getrennt Urlaub gemacht. Als Konrad heimkehrt, bereitet ihm Magda einen sehr reservierten Empfang. Zündel plant seinen Abgang.

Froschnacht
Roman
ISBN 3-423-11250-6
Franz Thalmann ist Pfarrer, Ehemann und Familienvater, bis eines Tages sein Reißverschluß klemmt ... »Ein heimlicher Zeitroman, der Dinge und Geschehnisse benennt, die nur scheinbar weit weg von uns sind ... Den Schuß ins Herz spürt man erst später.« (Frankfurter Rundschau)

Die kalte Schulter
Roman
ISBN 3-423-11672-2
Moritz, Kunstmaler, lebt von Gelegenheitsarbeiten. Sein einziger Halt ist Judith, die einen sicheren Beruf und einen gesunden Menschenverstand hat.

Bis bald
Roman
ISBN 3-423-12112-2
Lorenz Hatt, Denkmalpfleger, lebt mehr oder weniger unbekümmert vor sich hin – bis sein Herz schlappmacht ... »Erneutes Staunen, Spannung, Vergnügen an Werners Lakonik und Komik.« (SZ)

Festland
Roman
ISBN 3-423-12529-2
Sie leben beide in Zürich, doch sie kennen sich kaum. Eines Tages aber kommen der Vater und seine nichteheliche Tochter ins Gespräch. »Was mich berührt hat: der wunderbare Ton dieses Buches.« (Marcel Reich-Ranicki)

Der ägyptische Heinrich
Roman
ISBN 3-423-12901-8
Eine faszinierende Spurensuche: Familiensaga, Reisebericht, historischer Roman und viel mehr. »Spannend, intelligent, witzig.« (Thomas Widmer in ›Facts‹)

Christian Kracht im dtv

»Christian Kracht ist ein ästhetischer Fundamentalist.«
Gustav Seibt in der ›Süddeutschen Zeitung‹

1979
Roman
ISBN 3-423-**13078**-4

Iran am Vorabend der Revolution. Ein junger Innenarchitekt und sein kranker Freund reisen als Angehörige einer internationalen Partyszene durch das Land. In Teheran werden die Panzer des Schahs aufgefahren ... Christian Krachts gefeierte Selbstauslöschungsphantasie.

Faserland
Roman
ISBN 3-423-**12982**-4

Einmal durch die Republik, von Sylt bis an den Bodensee. »Einer der wichtigsten Texte der deutschen Literatur der 90er Jahre.« (Florian Illies in der ›FAZ‹)

Der gelbe Bleistift
Erzählungen
ISBN 3-423-**12963**-8

Auf Reisen durch das neue Asien. »Endlich! Das Buch für alle, die schon alles gesehen und alles getrunken haben, aber lechzen nach Stil, Esprit, Dekadenz, Hybris und einem sanften Touch von politisch korrektem Kolonialherrentum. Ein literarischer Sundowner. Cheers im Reisfeld!« (Harald Schmidt)

Christian Kracht und Eckhart Nickel
Ferien für immer
Die angenehmsten Orte der Welt
ISBN 3-423-**12881**-X

Die Welt ist entdeckt. Aber das Fernweh bleibt. Christian Kracht und Eckhart Nickel haben sich aufgemacht, für uns die angenehmsten Orte der Welt zu suchen.

Christian Kracht (Hrsg.)
Mesopotamia
Ein Avant-Pop-Reader
Mit Fotos des Herausgebers
ISBN 3-423-**12916**-6

Wie sieht es denn hier aus? Und wie wird es weitergehen? Werden wir alle in den Tropen leben? Brauchen wir überhaupt Häuser? Oder leben wir schon längst in Flughäfen? Siebzehn junge Autoren geben Antwort.